DURCHSCHNITT

DURCHSCHNITT

Hannes Bajohr

FROHMANN/OXOA

INHALT

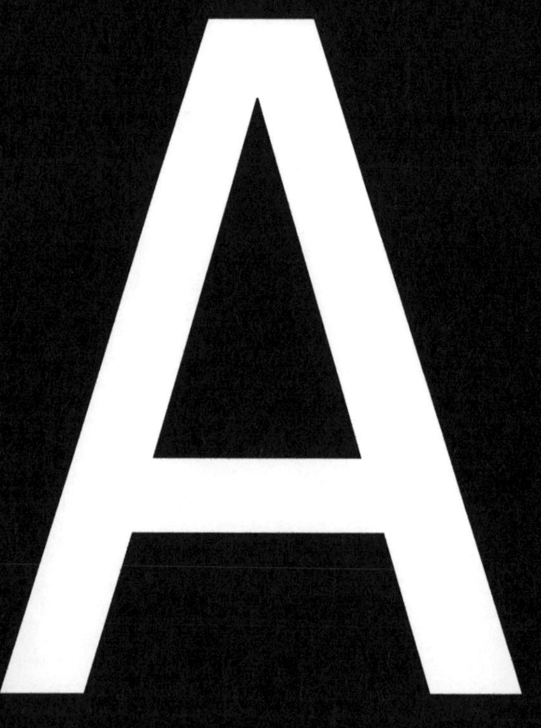

Ab und zu drehte ich mich um, denn der Stauer hatte den Pferdekopp unter dem Seezeichen liegen lassen. Aber ‚Nahrungsaufnahme‘ ist ja die reine Physiologie, und dazu Segen zu wünschen, das ist doch ein höhnisches Gerede. Aber als ich da auf dem Kirchhof saß, so ganz arm und verlassen, das war doch noch schlimmer. Aber als ich ihm alles gesagt hatte, sagte er geradeso wie wir: Sie haben recht, es muß sein. Aber als Ihr Herr Gemahl vor drei Jahren hierherkam, lebte sie noch und hatte noch ganz die Feueraugen. Aber auch die Natur kann klar sein, auch ein Bächlein kann klar sein, und was hilft uns das. Aber auch ich wußte um die Art der Besorgungen, die Mama wichtig nannte, denen sie allzu eifrig nachkam. Aber ausnahmsweise, und wenn du nun einmal den Wunsch hast, wird Behrens dir wohl Permeß geben, denke ich. Aber bei Thea hatte sie bald die Empfindung, als gebe sie, zu ihr sprechend, unwiderruflich was zu Protokoll. Aber da er die Arme so schützend ausgebreitet hielt, lachten sie und sagten, es sei der heilige Christopherus. Aber da habt ihr euch, du und deine Freunde, nicht an den richtigen Mann gewandt, wie mich dünkt. Aber daran ist gar nicht zu denken; die Damen nehmen mich nicht an und können es auch nicht. Aber das enthob ihn nicht der Rücksicht, die er meiner Herkunft und meiner Erziehung und meinem Empfinden schuldete. Aber daß er sie, nach allem was ich höre, auch in der Klasse nicht hat, das ist schlimm. Aber daß Weinschenk in dem Umfange schuldig ist, wie gewisse Leute es wollen, halte ich ebenfalls für unwahrscheinlich. Aber den Anbetern der jüngeren wäre vielleicht wenig wohl gewesen, hätten sie solchen Generalstabs-Besprechungen einmal unvermerkt zuhören können. Aber der Ekel war nun da, er würde nie mehr rückgängig zu machen sein, das wußte er jetzt. Aber der Führer hat früher auch 'ne Haushälterin gehabt; ich hab gelesen, er ist selbst zu ihrer Beerdigung. Aber der Mann folgte der Aufforderung nicht, sondern hielt die Hände ruhig in den Hosentaschen und lachte laut. Aber der Sohn scheute die Kosten, nicht anders als es sein Vater, sein Großvater, sein Urgroßvater getan hätten. Aber die anderen sind froh, daß die Schwester Anastasia über die kühle Pause noch mal aufs Alte zurückkommt. Aber die Ärztin kam erst wieder zu sich, als sie mit der heruntergebrannten Zigarette ihren linken Zeigefinger ansengte. Aber die Beispiele, die man vor Augen hat, sind ja nicht immer die besten, das ist das Schädliche. Aber die Einsicht stimmte mich nur trauriger, da mir Mühseligkeit und saurer Fleiß bisher unbekannte Dinge gewesen waren. Aber die ist auch wirklich schnieke, prima, eins a, so was stand noch nicht drin in seinem Kochbuch. Aber die Kleine legte Melzern die Ärmchen um den Hals und versteckte kichernd ihr Gesicht an seiner Schulter. Aber die Polizei hatte unter anderem auch alle Mitglieder aller Truppen zusammengestellt, mit denen er je gearbeitet hatte. Aber die Ungarn schienen munter fortfahren zu wollen, den ganzen Abend; also mochte es ihre nationale Sitte heischen. Aber die Wirkung auf das Gemüt, die der Anblick der Winterlandschaft draußen hervorbrachte, war stärker als solche Tröstungen. Aber dieser Stein ist es nicht, der uns anzieht, sondern das darunter Enthaltene, das daneben der Erde Vertraute. Aber diesmal ereignete es sich anders: das Glas kam nicht wieder auf den Boden, und zwar ohne Wunder. Aber ein Weibsbild erst einwickeln mit Liebe und Gefühl und dann loofen lassen eine nach der andern, nee. Aber eine Polnische Post und hemdsärmelige Zellenleiterbesprechungen können keine schöne und selbst beim Ehebruch noch gefühlvolle Frau ersetzen. Aber er dachte, ich will ja gar nichts von ihr, und vielleicht ist sie auch gar nicht krank. Aber er hatte noch Angst, das Fenster zu schließen, es gelang vielleicht nicht mehr so glatt wie früher. Aber er ist Angehöriger des Ordens, und wäre er ihm selbst lockerer verbunden, es könnte ihm nirgends fehlen. Aber er lachte nur höhnisch im Weggehen, und schon nach wenigen Minuten kehrte er mit dem Revolver zurück. Aber er war auch gar nicht überrascht, als Skowronnek, ohne zu klopfen, die Kanzleitür aufmachte, eintrat und stehenblieb. Aber er will nicht, ich sage Ihnen, der will nicht, er will sich nicht unters Auto schmeißen lassen. Aber er wußte auch nicht, weshalb der Wachtmeister mit seinem Entschluß, nicht wieder zu heiraten, recht haben sollte. Aber es erwies sich bald, daß sie in ihrer Lage verblieben, auch als man ihnen alles mitgeteilt hatte. Aber es ist unmöglich, nicht zu sehen, daß Sie sich beinahe mehr um ihn kümmern, als um sie. Aber es muß doch etwas geblieben sein, sagte er zu sich selbst, trotz aller Vorsicht, ohne deine Absicht. Aber es steckt viel Tüchtigkeit dahinter, und ich tausche unsere Gediegenheit für die Höflichkeit der andern nicht ein. Aber es wird mittelalterlich sein, ein Studentenlied, ein Vagantenlied, ein Lied fahrender Schüler, so kommt es mir vor. Aber für dich nur auf Zusehen hin; du bist und sollst sein ein freier Mann in jedem Sinne. Aber glaubst du, daß es für mich, den keine Zeitung nennt, leicht ist, neben dir, dem Gefeierten, auszuharren. Aber gleich habe er die Lästerung bitter bereut und auf den Knien zu Gott um ein Wiedersehen gebetet. Aber gleichwohl, sie war doch ‚umgefallen‘ (so hat sie sich Etelka gegenüber ausgedrückt), sie hatte am Ende nachgegeben. Aber Grobleben ist noch nicht zu Ende, er strengt seine weinerliche Stimme an und übertönt die des Konsuls. Aber ich habe gelitten, Tom, gelitten mit allem, was in mir ist, und sozusagen mit meiner ganzen Persönlichkeit. Aber ich habe selbst Leute gekannt, die des Propheten ewiges Ölkrüglein ohne Verwunderung in ihrem Hause angenommen hätten. Aber ich halte das bei

Etelka in diesem Falle für sekundär, sozusagen, mag das auch sehr paradox klingen. Aber ich kenne den Blick, mit dem man dem einen, und jenen, mit dem man dem andern huldigt. Aber in ihr gäbe es etwas durchaus Unselbständiges, eine Hemmung oder Trägheit, man müsse sie gleichsam darüber heben. Aber ist rechte geistige Herrschaft über eine Macht denn möglich bei dem, der selber zu ihren Sklaven zählt. Aber Mama nahm mich bei der Hand, und wir folgten den Männern, die vor uns wie Schulbuben taten. Aber man war kaum damit fertig, als große Kristallschüsseln mit einem gelben, körnigen Brei zum Imbiß herumgereicht wurden. Aber nu gib die Form her, daß wir ihn eintun, denn eine Stunde muß er doch wenigstens kochen. Aber paß mal uff, Fritze, so einfach, wie du dir det ausmalst in deinem Hirnkasten, ist das nicht. Aber plötzlich fühlte er die Hand des Auskunftgebers an einem Arm und die Hand des Mädchens am anderen. Aber schon die bloßen Namen der dabei in Frage kommenden Ortschaften umschließen eine Welt von Angst und Sorge. Aber sie klemmt eine frische Flasche Hochheimer zwischen die Knie, zieht den Korken raus, gießt dem Ernst ein. Aber sie rührte sich nicht und zwang mich dennoch, mit ihrem Bauch in einem Zimmer atmen zu müssen. Aber Sie sollten sich etwas mehr Couleur anschaffen, hören Sie mal, sonst fallen Sie ab bei den Damen. Aber sie versicherte mit frechen Worten, daß sie das Spiel genugsam kenne und es schon manchmal getrieben habe. Aber so oft er sich bei einem Gedanken beruhigt hatte, war wieder dieser unverständliche Einspruch da: Du lügst. Aber stellst du nicht selbst dein Licht unter den Scheffel, statt es leuchten zu lassen vor der Welt. Aber Tony besaß die schöne Gabe, sich jeder Lebenslage mit Talent, Gewandtheit und lebhafter Freude am Neuen anzupassen. Aber vielleicht war dies eine Einbildung von Philipp, dem Außenstehenden, der von keiner Arbeit zu keiner Familie heimkehrte. Aber was denken Sie denn, sagte der Mann noch immer lachend, ich will ja den Herrn wirklich hinausführen. Aber weder zu Fuß noch mit der Bahn kam jemand, dem er mit seinem Handschuh Beileid reichen konnte. Aber wenige Minuten später stand er selbst im Gewitter am Pranger, während Joachim, wieder geschlossenen Leibes, sich ankleidete. Abermals stieg ein Widerwille, eine Art von Brechreiz in Hanno Buddenbrook auf und schnürte ihm die Kehle zusammen. Abgesehen von dem Zusammentreffen einer gewissen Aufweichung des Kleinen am heutigen Abend und der Gelegenheit dieses zurückgezogenen Caféhaus-Winkels. Abwarten, hab ich bei mir gedacht, er will abwarten, bis man alles zertrampelt hat, was ihm teuer war. Ach so, sagte sie und kehrte wieder in ihre Ruhe zurück, das hat mir keine besondere Arbeit gemacht. Ach, Bruder Medardus, noch geht der Teufel rastlos auf Erden umher und bietet den Menschen seine Elixiere dar. Ach, der gehts gut, wie solls der nicht gut gehen, und Meck erzählt lang und breit von der. Ach, der hat meine Jacke längst nicht mehr, sagte der Fritz Helwig, so dumm ist meiner doch nicht. Ach, es war das wunderbare Geheimnis der Liebe, das sich nun erst in rein strahlender Glorie mir erschlossen. Ach, Mensch, du wirst ja immer klüger hier oben, mit deiner Biologie und Botanik und deinen unhaltbaren Wendepunkten. Ach, stammelte ich unter vielen Tränen, sie haben mich hier allein gelassen, ich wollte ja nicht hier bleiben. Achte auf seine flackernden Brandstifteraugen, auf die göttlich polnische Verstiegenheit und die praktisch kaschubische Verschlagenheit über seiner Nasenwurzel. Agnes ergötzte sich an der einfachen und harmlosen List der armen Frau und bedauerte nur den schlechten Ausgang. Ähnlich, wenn auch nicht während der Badesaison, erging es im Januar fünfundvierzig den Mitgliedern der Stäuberbande und mir. Alfredo war amüsant, wenn sie wach war, eine schnell verbrennende Fackel; sie sprühte, witzelte, erzählte, girrte, scharfzüngig, erstaunlich. Alle aber, die dort geboren waren, kannten die Tücke des Sumpfes und besaßen selbst etwas von seiner Tücke. Alle Blicke richteten sich auf die Auguste, die da, die Nasenlöcher vor Tratsch gebläht, den letzten Pfannkuchen zuckerte. Alle blickten nun Susi an, und Axel Mischke reichte ihr einen persilblau emaillierten, an den Rändern bestoßenen Kochtopf. Alle hatten heute früher als sonst zu Mittag gegessen und sich daher mit Tee und Biskuits ausgiebig bedient. Alle in Spanien, von denen es hieß, sie seien besiegt, und sie waren es offenbar immer noch nicht. Alle Plätze scheinen, wie bei Theaterpremieren, vom Leutnant Vogelsang und den Seinen im voraus belegt werden zu sollen. Alle verstummten, sahen ihn lächelnd an, warteten, und da und dort nickte einer ihm zur Ermunterung lächelnd zu. Alle Völker werden ihre dreckigen, kleinen Staaten errichten, und sogar die Juden werden einen König in Palästina ausrufen. Alle Vorgänge der Natur und alle Ereignisse des täglichen Lebens erhielten auf einmal einen bedrohlichen und unverständlichen Sinn. Alle Wetter, Wiesike, das wär ein Geschäft, wenn wir hier so ein Sanatorium anlegen könnten: Friesack als Vergessenheitsquelle. Allein brauchbar wollten mir ein Paar Handschuhe, Schnürstiefel und ein roter Pullover, den Gretchen Scheffler gestrickt hatte, vorkommen. Allerdings bin ich seit heute nachmittag der Meinung, daß man ihm folgen soll und muß, seine Richtung interpretierend. Allerdings war das Gespräch bis zum ‚Großkampftag‘ noch nicht vorgedrungen, denn dieser lag ja noch in ferner Zukunft. Alles andere vergessend, glaubte Elli jetzt nur noch, es sei ein Glück, daß der Mann doch gekommen war. Alles blühte hier, Schmetterlinge flogen über die Gräber hin, und hoch in den Lüften standen ein paar Möwen. Alles ist nichtig; am nichtigsten aber ist das, wonach alle Welt so begehrlich drängt: äußerlicher Besitz, Vermögen, Gold. Alles Pathologische beruht letzten Endes darauf, daß der Mensch mit sich selbst zu intim geworden ist: also unzüchtig. Alles schimmerte silbern, und neben den Schattenstreifen lagen weiße Lichtstreifen, so weiß, als läge Leinwand auf der Bleiche. Alles wird sich, lieber Leser, nun klärlich dartun, wenn du diese wenigen Vornamen und Buchstaben im Sinn behältst. Alles, was er sagte, war luftig und durchsichtig, aus seinem Wesen fortgehaucht, ohne daß er sich vermindert hätte. Allmählich sah sie ein, daß er recht gehabt hatte, und daß sie dies und noch mehr wert sei. Allzu früh nämlich, als daß ‚ein gewisser Teil‘ der Vorjährigen noch ein Stündchen teilnehmen könnte, meint Herr Settembrini. Almosen muß man einmal geben; man tut aber besser, wenn man sie nicht selbst gibt, besonders zu Hause. Als das Mädchen mit seinen Eimern zum zweiten Male durch den Hof geht, bimmelt weit weg das Ladenglöckchen. Als der Hofrat vor Hans Castorp stehenblieb, trug er eine Brille mit dicken, kreisrunden Gläsern und faselte Ungereimtes. Als der letztere ihn eines Tages wieder höhnte und ärgerte, vergaß sich Hans und antwortete mit einem Faustschlag. Als der Tag um war, ging sie früh zu Bett und schlief, ermüdet wie sie war, gleich ein. Als der Weißkopf schweigt, nimmt sich Franz ein paar Hefte von den Klammern: Ich darf doch mal, Kollege. Als die drei vor uns stillstanden, bemerkte ich, daß man den Schrebergarten meiner Mutter zum Erschießungsort auserkoren hatte. Als die Wehen einsetzten, stand sie noch im Geschäft und füllte Zucker in blaue Pfund- und Halbpfundtüten ab. Als Elli wegging, sagte sie zu Franz: Viel Stoff braucht die nicht zum Rock, den Vorteil hat sie. Als er anfing zu essen, zeigte er ungewöhnlich gutgeformte, engstehende Zähne, die spiegelnd blank waren, wie poliertes Elfenbein. Als er erwachte, war der Himmel über den Dächern schon hell, ein zarter Schimmer blaute über dem Schnee. Als er sich der Schenke näherte, vor welcher das ganze Dorf versammelt war, entstand auf einmal ein Geschrei. Als er vor ihr stand, nahm sie seinen Kopf zwischen die Hände und küßte ihn auf die Stirn. Als er wieder in den Kleidern war und träumerisch nach Hause schlenderte, war das Tal schon voll Schatten. Als er wieder neben ihr saß und den Gießhübler einschenkte, machte er leise seine Meldung, knapp und eindringlich. Als er zurückkam, das Bild in beiden Händen, war Herr von Trotta nicht mehr imstande, es zu sehen. Als es drei Uhr schlug und Hindinger noch immer fehlte, bekam der Lehrer Angst und schickte zum Ephorus. Als es endlich Tag wurde, war der falsche Lenz vorüber, und es fiel ein mit Schnee vermischter Regen. Als es halb elf Uhr war, meldete das Folgmädchen, daß die Senatorin im Salon die ersten Gäste empfange. Als Frau Roswitha bei ihm ein Törtchen bestellte, blickte sie an dem Befrackten wie an einem Turm hoch. Als habe sie unseren Besuch erwartet, liegt die Gelähmte mit einer Halskette und mit einem Armband, tadellos gekämmt. Als Herr Grünlich sich an diesem Abend verabschiedete, hatte er den Eindruck verstärkt, den sein erster Besuch hervorgebracht. Als ich einen Augenblick mit Schwester Gertrud alleine im Stationszimmer war, erkundigte ich mich nach ihren freien Sonntagen. Als ich im August neununddreißig der Polensiedlung gegenüber auf Jan Bronski wartete, dachte ich oft an meine Großmutter. Als ich vernahm, daß die Gesellschaft fortgereist sei, bemächtigte sich meiner eine tiefe Traurigkeit, welche längere Zeit anhielt. Als ich vom Beton sprang, öffnete Lankes die Maleraugen und sagte: Das gibt ein dolles Bild: Flutende Nonnen. Als ihm aber der Schutzmann die Hand auf die Schulter legte, war er plötzlich ein anderer Mensch geworden. Als K. eintrat, kam Fräulein Montag vom Fenster her an der einen Seite des Tisches entlang K. entgegen. Als Klepp mit seinen Rosinen fertig war und sich die Finger am Gras abwischte, war auch Schmuh fertig. Als Maria uns mit Hilfe der Witwe Greff trennte, hielt ich den Bonbon siegreich in der linken Faust. Als Melzer fertig war, brachen sie auf und setzten ihren

Weg zu dem vereinbarten Lagerplatze der anderen fort. Als ob es an ihm sei, sich zu entschuldigen, erzählte er eine entlegene Geschichte aus dem Jahr 23. Als rede ich vor versammelter Gemeinde, sprach ich mit dem Feuer der Beredsamkeit, wie es sonst mir eigen. Als sie fertig war, sagte er: Wenn Sie keinen Kittel für mich haben, schaff ich Ihnen in Unterhosen. Als sie jetzt schwieg, erhob er sich, ging einen Schritt vor und legte seinen Kopf auf ihre Knie. Als sie türenklappend zurück war in der Garderobe, fragte sie mit kurzem Atem: Na, was sagen Sie nu. Als sie verflossen war, tönte ein Gong durch Haus und Garten, erst fern, dann näher, dann wieder fern. Als Vater wollte ich für mich das Recht beanspruchen können, um die Quelle meines Sohnes wissen zu dürfen. Als wir auf den Kirchhof kamen, lag das frische Grab einsam und schweigend, vom aufgehenden goldenen Monde bestreift. Als wir die letzten Häuser des Vorortes Langfuhr hinter uns ließen, kam uns eine Bahn ohne Anhänger entgegen. Alsdann scheint sich in Berlin die besonders miese und undurchsichtige Geschichte mit der Pussi Uhl entwickelt zu haben. Also Friedrich, sagen Sie Mirambo, der doch wohl das Billett gebracht haben wird, wir würden die Ehre haben. Also gut, sagte der Papa und ging nachmittags mit Hans in die Schulersche Werkstatt und meldete ihn an. Also jetzt weißt du meine Meinung, richte dich danach, du mußt ja wissen wie es in Dir aussieht. Also lassen wir sie hier; wenn es nicht das beste ist, so ist es gewiß nicht das schlechteste. Also stand ich drei Nachmittage in der Woche allein in der Garage voller Gemälde, wartete Stunden um Stunden. Also wandte er sich fort und suchte im Geist nach andern Stätten, wo er seine Frage vorbringen konnte. Also: Maßanfertigung, Herrenkonfektion, das zuerst, dann zweitens Karosseriebeschlagen, Automobilzubehör, auch wichtig, für rasches Fahren, aber nicht zu rasch. Am Ausgang stellte er sich auf, den Rücken der Tür zugewandt und das Auge gegen den Horizont gerichtet. Am Kettchen das Henkelkreuz, häßlich das Schächerkreuz, päpstlich des Papstes Kreuz, und jenes Russenkreuz nennt man auch Lazaruskreuz. Am klaren Himmel leuchtete vor ihnen ein frostiges Licht: der Morgenstern, Phospheros, Luzifer, der Lichtbringer der antiken Welt. Am liebsten und längsten aber plauderte Tony, nach dem Mittagessen oder morgens beim ersten Frühstück, mit ihrem Vater. An dem cremefarbenen Vorhang saßen sie einander gegenüber, die Gesichter beglüht vom Schein des rot umhüllten elektrischen Tischlämpchens. An den Fenstern klebten reglos große spanische Fliegen, und der Kanarienvogel zwitscherte nicht mehr, sondern knabberte am Zucker. An den Wohnungen, deren Türen geschlossen waren, klopfte K. an und fragte, ob hier ein Tischler Lanz wohne. An der Prenzlauer Straße vor der kleinen Konditorei stand eine Gruppe Straßenmädchen unter Schirmen und versperrte die Passage. An der Wettertafel noch Kreidespuren vom Vorjahr: Luft: zwanzig; Wasser: Siebzehn; Wind: Nordost; Weitere Aussichten: heiter bis wolkig. An diesem Abend, zu diesem künstlerischen Abendessen, ist die Schreker, wie immer, ganz in Schwarz gekommen, dachte ich. An einer wie ein Bergsee die Ufer spiegelnden Bucht, die weit ins Land trat, war Tanz von Mädchen. An Größe und Magerkeit kam er Heilner nun gleich, ja er sah jetzt fast älter als jener aus. An mehreren Tischen wurden Photographien herumgezeigt, neue, selbst angefertigte Aufnahmen ohne Zweifel; an einem anderen tauschte man Briefmarken. An sich selbst, der sich eingesperrt fühlte in einen gebrechlichen Körper, den man wer weiß warum quälen konnte. Andere erinnerten an Unrats Sohn, der sich einst mit einem anrüchigen Frauenzimmer auf offenem Markt hatte blicken lassen. Andern Krankheiten aber, die so einzeln dahergeschlichen kamen, mußte man erliegen; mochten sie noch so verschiedene Namen tragen. Anfang Mai, es war heiß, dunstig und niederrheinisch, machte ich mich mit genügend Bargeld versehen auf den Weg. Anfangs roch ich sie widerwillig, bald ging ich ihrem Geruch nach, stellte mich neben, sogar zwischen ihre Berufskleidung. Anna gab ihre Zufriedenheit auch dadurch zu erkennen, daß sie das Fenster nicht verließ, bis ich weggeritten war. Antonie befand sich im fünften Monat; ihr Arzt versicherte, daß alles in normaler und erfreulicher Weise verlaufen werde. Arm in Arm mit Pastor Wunderlich trat er herein, zwei unbefangene und muntere alte Herren aus sorgloserer Zeit. Armer Franz, sprach die Fürstin, ich habe dir weh getan, aber wir wollen doch noch gute Freunde werden. Auch bei ihrem Eintritt hatte er nicht einen Augenblick gelächelt, und diese Unbeweglichkeit, Unveränderlichkeit seiner Miene sagte alles. Auch daß Fraunholzer am Morgen nach seiner Ankunft sogleich wieder abgereist war hatte der Doktor vermerkt und erzählt. Auch den schönen Geist will dieses große Werk nicht vernachlässigen, soweit er eben menschliches Leiden zum Gegenstande hat. Auch der geschnittene Ball beim Tennis erhält durch die ‚Fälsche‘ keine Minderung, sondern eine Mehrung seines taktischen Wertes. Auch der Leutnant Trotta konnte von seinem Platz aus das Angesicht des Kaisers mit dem seines Vaters vergleichen. Auch die kleine Grüne würde er nicht zu ihr bringen, die kleine reizende Amerikanerin mit den grünen Augen. Auch die Konsulin ließ ihre Augen auf dem Gegenstande ruhen, aber ohne ihn zu sehen, in tiefen Gedanken. Auch die Tat des Prometheus war Hybris, und seine Qual am skythischen Felsen gilt uns als heiligstes Martyrium. Auch für die Strudlhofstiege, auch wenn sie keinen Punkt in der Kunstgeschichte markiert, heute wenigstens und für uns. Auch haben

Sie selbst mit Ihrer Großmut dahin gewirkt, daß die Heimreise mir nun in den Gliedern liegt. Auch hatte er nur eine einzige Seite fertig gebracht, die Unrat mit schnell wachsender Entrüstung zur Kenntnis nahm. Auch Hermann, sein liebster Freund, hatte trotz aller Zweifel sofort genauso gehandelt, als ob kein Zweifel möglich sei. Auch Herr Settembrini winkte mit der Rechten, während er mit der Ringfingerspitze der Linken zart einen Augenwinkel berührte. Auch in diesem Jahr gab sich Klepp über vierzehn Tage lang Mühe, seinen Tag in Stunden zu planen. Auch ist hier noch mancher Platz, wenn irgendein Gast und Zuschauer etwas der Nachwelt zu übergeben Belieben trüge. Auch Joachim, nachdem er den Vetter erstaunt betrachtet, beeilte sich zu versichern, daß das sehr freundlich sein würde. Auch lenkte der Finne uns ab, der Holz geladen hatte und rostig war wie die Friedhofsgitter auf Saspe. Auch mit Personen, die an der Spitze der Großloge der letztgenannten Monarchie standen, wollte er briefliche Fühlung unterhalten. Auch nahm Jenny selbst das Wort und sagte: Deine Rücksichten gegen mich halten sich immer auf derselben Höhe. Auch neigte er zum Jähzorn und stieß öfters mit Herrn Wenzel aus politischen und sonstigen Anlässen feindlich zusammen. Auch Sie sind nur ein Spatz, liebe Wescott, und unser Spätzchen, die Kay, fällt grade aus dem Nest. Auch sind sein Zahnfleisch, seine Zähne und seine Zunge mit einer schwärzlichen Masse bedeckt, die den Atem verpestet. Auch steckte man uns gerne in Kostüme, machte aus Ulla die Kolumbine, aus mir einen weißgeschminkten traurigen Mimen. Auch verstand er es, Zigaretten während des Ziehens, ohne den Wagen bremsen zu müssen, mit einer Hand anzuzünden. Auch wenn er zehnmal die arme Mama geheiratet hat, und auch Maria geheiratet hat, weil sie schwanger war. Auch wenn ich mit der Zeit begriffen habe, wie eine Sache anzufangen ist: meine Hände könnten es nicht. Auch zog ich Dorotheens grünen Zettel einmal wieder hervor, der noch immer zwischen einer Falte meiner Schreibtafel steckte. Auf dem Heimwege holten sie Settembrini ein, welcher unter einem Regenschirm, wenn auch barhäuptig, ebenfalls dem Sanatorium zustrebte. Auf dem Land wirst du dich kräftigen, das wird gut sein, es stehen dir ja gewiß Anstrengungen bevor. Auf dem runden Tische mit grüner Schirmlampe waren drei Kuverts gelegt, und auf einem Nebentischchen stand das Teezeug. Auf dem Schiff nach Europa (der Kurs wird dieses Jahr eingestellt) spiele ich Schach viele Stunden am Tag. Auf dem Titel, versetzte ich, benennt der fromme Dichter sein Buch mit dem Zusatz: Geistreiche Sinn- und Schlußreime. Auf dem Wachstuch neben seiner kranken Hand war ein Kreisrund, wo man einmal eine heiße Tasse abgestellt hatte. Auf dem Wege, solange wir noch im Freien waren, zeigte mir Römer allerlei gute Dinge in der Natur. Auf den fetten Vogel klatschte sie mit flacher Hand und protestierte: Nu hab da man nich so, Alfrädchen. Auf der Schwelle des ersten zum Treppenhaus offnen Zimmers stand die Elli, die still und leise heraufgestiegen war. Auf der sonnigen Höhe des Berges wurde ein kurzer Halt gemacht und die Bahre auf die Erde gesetzt. Auf der Straße, auch während der Vorstellung suchte ich manchmal in den Gesichtern der Soldaten nach bekannten Zügen. Auf diese Frage, welche ebenso richtig wie unrichtig gestellt war, wendete sich alles und blickte nach mir herüber. Auf diese Weise, sagte Naphta, sei die Sachlage, wie Herr Settembrini sie zu sehen wünsche, nicht richtig gekennzeichnet. Auf halbem Wege mußte er in das begleitende Boot gefischt werden und lag am Lande noch immer bewußtlos. Auf ihren Mann, den Baurat Haupt, konnte sich Asta freilich verlassen und Fraunholzer ebenso, der ihn gut kannte. Auf jeden Fall lächelt Carl Joseph, ein Lächeln, das wie eine eiserne Klammer seine Lippen herabzieht und zusammen. Auf kranken Füßen watschelte sie im Schimmelgäßchen herum, klein und dick, mit ihrer sehr großen, leise wippenden Brust. Auf seinem Gesicht spiegelte sich lebhaft und ganz offenbar ein Kampf, den er sehr ernsthaft zu führen schien. Auf seinem schönen, kühnen Gesicht drückte sich dann eine gewisse Beschwichtigung aus, sein Aufenthalt sei ohnedies nur vorübergehend. Auf Verlangen aber könnte ich hier ein Sternchen machen, eine Fußnote ankündigen und das Poem dennoch stehen lassen. Aufgebracht stellte er sich sogleich neben den Angreifer und wollte ihm beweisen, daß dieser selbst der Mißgewachsene sei. Aufgeschreckt durch ein nahes Geräusch, wand sie sich endlich los aus meinen Armen, ich durfte sie nicht zurückhalten. Augenscheinlich gab es keinen glücklicheren Menschen, keinen, dessen Wesen und Wünsche in dieser besonderen Lebensform reiner aufgegangen wären. August stand auf und sagte, wenn's nicht einmal Kuchen gebe, dann könne man ja ein Haus weiter gehen. Aus dem Spiegel traf ihn ihr Blick, ein grauer, kühler, trockener und flinker Blick, wie ein stählernes Geschoß. Aus den Provinzen rollt das Vieh ran, Exemplare der Gattung Schaf, Schwein, Rind, aus Ostpreußen, Pommern, Brandenburg, Westpreußen. Aus diesem aber wollt' er sich bäumen, ‚die süße Luft der Oberfläche zu schmecken', wie Gütersloh einmal sagt. Aus Mutwillen stieg ich auch in die oberste Krone eines hohen Apfelbaumes hinauf, daß ich im Nebel verschwand. Aus Zorn ging er zur Tagesordnung über, sah nach, wer eigentlich an der Reihe war, es war klar. Ausgeräuchert, das ist famos, sagte er gesprächig und etwas ungereimt, indem er sich die Hände wusch und trocknete. Außer den zwei Weinflaschen trug der Tisch viele Gläser und Büchsen mit allerlei Fetten, nach denen es roch. Außer Reiting waren es der lange Hofmeier und Dschjusch, unter welchem Spitznamen ein kleiner polnischer Graf verstanden wurde. Außerdem ließ Treibel die Fabrikschornsteine mit jedem Jahre höher hinaufführen und beseitigte damit den anfänglichen Übelstand immer mehr. Außerdem mußte diese junge Person, wenn man ihre Kräfte zermürben wollte, überhaupt mal erst wieder zu Kräften kommen.

B

Bald danach hatte man die Plantage passiert, und der Kutscher wollte jetzt rechts einbiegen auf die Mole zu. Bald saß ich allein in der einsamen Gegend und der Nachmittagsstille und fühlte mich nun doch wieder zufrieden. Bedrückt blieb Hans Castorp in seinem Abteil zurück, in treibender Versuchung, den Chef sogleich zur Rede zu stellen. Bei Aureliens Anblick überfiel mich heilige Scheu, ich wagte es nicht mehr, sie stürmisch zu liebkosen, wie sonst. Bei einer Mahlzeit war Behrens zugegen, saß aber weit fort, am Schlechten Russentisch und verschwand vor dem Dessert. Bei einigermaßen schönem Wetter wird man, jedenfalls als Kenner und Fachmann, nicht grade einbrechen oder überhaupt sich anstrengen. Bei jedem Schritt schlug meine Trommel gegen mein Knie; ich wollte sie mir selbst hier nicht abnehmen lassen. Bei Melzer ist das wirklich unmöglich; von Gedanken keine Spur; weder jetzt, noch später, nicht einmal als Major. Bei unsereinem macht das Fett gewöhnlich bloß den zwanzigsten Teil vom Körpergewicht aus, bei den Weibern den sechzehnten. Beide fühlten, daß sie die geflüsterte Frage und die geflüsterte Antwort verband, da war nichts mehr zu machen. Beide haben gearbeitet, das kann ich sagen, auch Ferien gemacht; einmal in London und einmal in der Bretagne. Beide Schwiegertöchter halfen der Frau Aldinger, ihren Mann zu waschen, ihm sein Haar zu stutzen, gute Sachen anzuziehen. Beim ersten Wort, das seine Dienerin an ihn richtete, fuhr er auf und jagte sie auf die Straße. Beim Mittagessen fing er von August zu reden an und daß er heute mit ihm über Feld wolle. Beim Weggehen waren sie darauf gefaßt, der Kustos werde sie zum Direktor rufen, mit einem Schlimmes versprechenden Lächeln. Beim zweiten Aufbrausen gelang es dem Hemd zumeist, über den Bauch kletternd sich vor ihren Brüsten zu rollen. Beim zweitenmal in der Anlage hat sie die Ohrringe abgezogen und in ihr Täschchen gesteckt, auf meine Bitte. Beineberg aber, der einen Schritt zurückgewichen war, stieß einen gurgelnden Wutschrei aus, als er den Betrug erfaßt hatte. Beineberg war finster und verschlossen; wenn er sprach, so handelte es sich um geheimnisvolle Andeutungen von etwas Bevorstehendem. Belloni ist tot, aber das schützt Sie nicht davor, in den schwersten, in den allerschwersten Verdacht zu kommen. Bereitwillig kam er zu mir und sah etwas überrascht meine Arbeit oder vielmehr die ihr zugrund liegende Naturstudie. Bescheiden und abgemessen nahm das zartgrüne Laubwerk seinen Platz und ließ kaum ahnen, welcher Überdrang in ihm heranwuchs. Bestände zwischen diesen beiden Erklärungen ein Widerspruch, dann hättest du recht, und der Türhüter hätte den Mann getäuscht. Bevor ich ins Bett stieg, stand ich mit nackten Füßen auf meinem neuen Bettvorleger, dem Abschnitt des Kokosläufers. Bevor Moorkähne, der etwas verlegen lächelte, antworten konnte, gab Störtebeker beängstigend ruhig seine Antwort: Das ist unser Jesus. Bewirken Sie, bester Mann, eine Scheidung, die so notwendig, die schon geschehen ist; schaffen Sie mir Charlottens Einwilligung. Bibbert alles an mir, mal hinsetzen, nee, nicht aufs Sofa, da hat der gefleetzt, auf den Stuhl. Bin ich jetzt nicht auch aktiv, und ist's im Grunde nicht einerlei, ob ich Erbsen zähle oder Linsen. Bis dann Negria Anstalten zur Berennung der Sandroch traf und die Gelse nicht mehr in den Klub mitbrachte. Bis er den Kopf von der Hand nahm und hörte: es waren zwei dumpfe und eine helle Glocke. Bis etwa Mitte Juni, und ich machte die Probe fast jeden Tag, hatte die Tür nicht nachgeben wollen. Bis heute bin ich diesem jähen und durch nichts zu verbergenden, oft fünf Minuten und längeranhaltenden Anstrich verfallen. Bis in die Nacht hinein wurde gespielt, doch keinem der Männer gelang es, einen Herz Hand zu gewinnen. Bis man jedoch zu dieser Schreibart gefunden hatte, kamen nach den Kaschuben die Herzöge von Pommerellen nach Gyddanyzc. Bist du nicht mit Leib und Seele dem freudigen frischen Altertum und seinen dem Leben freundlichen Göttern zugewandt. Bitte, fahren Sie fort in Ihrem Geschäfte, und tun Sie nicht anders, als wenn Sie zu Haus wären. Bitte, Helene, füge ein paar Worte an deine Mama hinzu und tue beides in das Kuvert und adressiere. Block bewegte während dieses Gesprächs unaufhörlich die

Lippen, offenbar formulierte er die Antworten, die er von Leni erhoffte. Block erkannte das vollständig an, er maß K. mit bösen Blicken und schüttelte heftig gegen ihn den Kopf. Bosheit, mein Herr, ist der Geist der Kritik, und Kritik bedeutet den Ursprung des Fortschrittes und der Aufklärung. Bruder Medardus, sprach der Guardian, ein Sterbender verlangt in der Todesnot Euern geistlichen Zuspruch und die letzte Ölung. Brunnenstraße, Uferstraße, Alleen, Reinickendorf, es ist wahr, das gibt es alles, da fährt er hinein, es steht da. Bunsen wartete, nur in den Augen unverkennbare, aber in keinerlei Mienenspiel nachweisbare Belustigung, bis sich Fahrenberg ausgebrüllt hatte. Bunsen, welcher offenbar die Nachfolge Overkamps antrat, rief nach jedem Stadium seines Verhörs ein paar Leute namentlich auf.

C

Call aus Washington, hier auf [Hotel Esplanade], dem in einer Woche noch eine Anzahl amerikanischer Senatoren folgen werden. Castorp, lieber Castorp, entschuldigen Sie, daß ich winsele, aber sie könnte mir in Gottes Namen zu Willen sein. Charlotte verbirgt sichs nicht mehr, daß das Kind nie wieder ins Leben zurückkehre; sie verlangt es zu sehen. Charlotte, ohnehin gewohnt, die Gegenwart zu nutzen, fühlte sich, indem sie ihren Mann zufrieden sah, auch persönlich gefördert. Chojnicki, in hellgrauem Anzug mit gelben Stiefeln, das gelbe Peitschenrohr in der Hand, war ein Abgesandter des Sommers. Cilly, heute bleibste hier, morgen früh, wenn Reinhold weg ist, gehste zu seine Trude und redst mit ihr. Cora öffnete das Gatter, und kaum, daß sie eingetreten, so kamen auch schon die Rehe auf sie zu. Crampas verabschiedete sich und ritt in die Stadt hinein, bis er vor seiner am Marktplatz gelegenen Wohnung hielt.

Da blieben sie nun und machten Pause oder wechselten das Kostüm oder strichen Ziegel und bekamen bezahlt dafür. Da brach wie ein lange mühsam unterdrücktes Feuer in dem Jüngling Francesko wieder der Stolz und Übermut hervor. Da der Advokat nicht gleich antwortete, wiederholte Block nochmals die Bitte und neigte sich, als wolle er niederknien. Da diese Jacke nicht die gestohlene war, war auch der Jackenaustauscher gar nicht der Mann, den man suchte. Da entfernte ich mich eiligst, im Glauben, sie hätten mich noch nicht gesehen, und lief hinter die Kirche. Da er im Gesellschaftsanzug war, trug er heute abend einen steifen Kragen und konnte das Kinn darauf stützen. Da er sich an das Dunkel im Zimmer schon gewöhnt hatte, konnte er verschiedene Einzelheiten der Einrichtung unterscheiden. Da erwiderte Elli rasch und wach: Nein, ich hab die Äpfel bestellt, wir wollen uns nicht anschmieren lassen. Da es denn aber unmöglich war, so würde er also allein und ohne Joachim hier oben weiter leben. Da es jetzt jedoch erst fünfzehn Minuten nach neun ist, kann von uns erst später die Rede sein. Da fällt ihm einmal auf, daß Mieze so sehr abgehetzt zu Aschinger am Alex kommt, wo sie essen. Da fand ich einen sehr klugen Ausweg, wie ich dachte, der mich wenigstens vor mir selbst rechtfertigen sollte. Da fassen sich die jungen Herren ein Herz und fragen, was soll man machen etwa im Fall Biberkopf. Da führt Eva die Sonja in das Nebenzimmer, legt sie auf die Chaiselongue: Du bist doch schwul, Mensch. Da gibt es noch ein Viereck, das die drei wichtigsten Menschen meiner ersten Jahre, ein Dreieck bildend, aufzeigt. Da hab ich zuviel Laub angebracht, ich kann in meinem Leben nicht eine so ansehnliche Masse Baumschlag zusammenbringen. Da habe unser Humorist mit unbestechlichem Scharfblick erkannt, daß dieser Mißstand nichts als die Frucht eines Vorurteils sei. Da hat sich ein Genie, womöglich das einzige Genie des zwanzigsten Jahrhunderts, eindeutig und für alle Zeiten ausgesprochen. Da hatte der älteste Geselle etwas an der Drehbank zu tun, und Hans konnte sich nicht enthalten, hinüberzuschielen. Da haußen sind auch immer Blumen, gelbe und blaue und rote, und das Tausendgüldenkraut hat ein schönes Blümchen. Da hob denn Hans Castorp den Kopf, und seine Augen gingen, ohne suchen zu müssen, den richtigen Weg. Da ich das Leben so weiterzuführen leid bin, hab ich den Entschluß gefaßt, in den Kanal zu gehen. Da ich ihn nur halb verstand, indem ich doch glaubte, gearbeitet zu haben, so sagte ich ihm dies. Da ihre Melkstunde noch nicht da war und ihre Euter noch nicht spannten, blieben die Kühe ganz unbewegt. Da kann der tapferste Offizier nichts machen, und sogar der heilige Antonius wußte ein Lied davon zu singen. Da kehrte denn die große dumme Tasche ihren untersten Grund hervor und was in ihrem innersten

Seitenfache steckte. Da lag seine Jacke, braun und frisch, gar nicht verdreckt und blutig, wie er sich das vorgestellt hatte. Da läßt du nun heute den alten Mann einsam und allein und kümmerst dich sozusagen um gar nichts. Da lief das Kind weg zu der alten Frau, seiner Großmutter, die plötzlich auch auf dem Weg stand. Da muß wohl einer wat gemerkt haben im Haus, Pelzwaren, wat für Weiber, wenn die Kohlen knapp sind. Da müssen die beiden Schupo noch weiter gehen die Alleen entlang, und zwei Bullen gesellen sich ihnen bei. Da schreien sie nach Bekämpfung des Geburtenrückganges, fordern, daß die Kosten der Kinderaufzucht und der Berufsvorbereitung verbilligt werden. Da sich der Platz vor ihm lichtete, kam es ihm vor, der Rhein könnte nicht gar weit sein. Da sie Neger nur im Zustand der Brunst kannten, schloß ihr kleines Hirn, daß alle Neger geil seien. Da sie sich aber doch nicht gut mit Nachnamen anreden konnten, so beschränkten sie sich auf das Du. Da sieht der Kleine ihn an unter seinem grünen Hut: Sagen Sie, Herr Nachbar, wovon leben Sie eigentlich. Da sieht der Tischler ihn mit verkniffenen Augen an: So, det sagt der kleene August also auch schon. Da soll doch der Teufel klug daraus werden, wie es mit einem steht, es ist nicht zum Aushalten. Da soll man wohl zeitlebens in die Baubude stehen, und die feinen Herrn haben sich mein Geld eingesteckt. Da stand Herr Modersohn auf und rief in den Lärm hinein: Buddenbrook, Sie werden mir eine Strafarbeit anfertigen. Da stand ich in unsäglicher Beklemmung neben einer breiten steinernen Treppe, welche sich oben zwischen geräumigen Galerien verlor. Da steht aber Gerner, und die nun im Trab und wie die Windhunde über die Mauer aufs Nachbargrundstück. Da steht Biberkopf ganz auf, im Augenblick rutscht Lüders an die Tür, hat die Hand an der Klinke. Da stieg vor ihnen aus einer tiefer gelegenen Gasse auf einer kleinen Treppe Fräulein Bürstner zum Platz empor. Da strengte sich der liebe gute Behude so an, verbrauchte sein bißchen Kraft und dachte sich Ferien aus. Da trat denn so manches Unerfreuliche, Beschwerliche, Unschickliche hervor, daß sich Eduard in die schlimmste Laune versetzt fühlte. Da verlangsamte Hans Castorp das Tempo wieder, um nicht in einem von Anstrengung verwilderten Zustand sein Vorhaben auszuführen. Da war denn zuletzt die Zuflucht zu den Tränen um so willkommner, als sie bei ihr selten stattfand. Da war kein Windhauch, der die Bäume auch nur aufs leiseste gerührt hätte, kein Rauschen, nicht eine Vogelstimme. Da werd ick ihr doch nicht sitzen lassen, und sie hört nischt und sieht nischt und weiß nischt. Da wird hier viel von der Frankfurter Messe geredet, und Sie haben Ihre Sache großartig gemacht, prima, Herr. Da, ganz langsam, sagte Kieselack, und Unrat zuckte bei jedem der zwei Worte mit dem Nacken: Wir auch. Dabei glaubte die

Künstlerin Fröhlich zu sparen für ihr Kind, und Unrat für die Künstlerin Fröhlich zu rauben. Dabei habe ich so gelassen begonnen; was ich gemeint habe, ist kein Vorwurf, es ist wichtiger: Wahrheit, meine. Dabei hast du bei all deiner zum halbbewölkten Himmel schreienden Unwissenheit vor, diese Stundenplanschule nie wieder zu betreten. Dabei hat sie selbst diesen Blödsinn mit dem Rendez-vous im Badezimmer inszeniert, und sie ist an allem schuld. Dabei schläft er nicht; er sieht genau, was durch das offene Fenster zu sehen ist, die Fassade gegenüber. Dadurch ermutigt, trat ich bei dem Alten ein, der mich sogleich erkannte und fragte, was ich Neues bringe. Dadurch gewann das Maurertum einen neuen Reiz und Glanz, der den Zulauf erklärt, dessen es sich damals erfreute. Dafür hatte er sie alle in dieser Nacht überlistet und war eine gute Viertelstunde am offenen Fenster gestanden. Dafür ist gar kein Grund, sagte K. und küßte, als sie jetzt auf das Kissen zurücksank, ihre Stirn. Dagegen glaubte sie nun auch die Gewalt, die sie über sich selbst ausgeübt, von andern fordern zu können. Daher war es ihm auch möglich, ein Gedicht oder eine Erzählung wann immer, auf jede Aufforderung hin, niederzuschreiben. Damals sind bei Melzer noch andere selbständige Wortbildungen aufgetaucht, eine Geheimsprache für den intimen Gebrauch könnte man's nennen. Damit änderte sich alles, so plötzlich, wie ein Raum, in welchem man das elektrische Licht einschaltet oder abdreht. Damit legte sie das Kästchen wieder in ihren Schreibtisch und ließ den Schlüssel desselben an dem gewohnten Ort. Danach sah man den Sternenhimmel wieder in voller Reinheit bis zu den Rändern der schweren Wolken im Nordwesten. Dann aber begann Frau Permaneder-Buddenbrook auf offener Straße und angesichts noch so vieler Menschen einfach laut zu weinen. Dann aber kam es: Darf ich Sie bitten, mein Herr Pastor, sich um Ihre eigenen Locken zu bekümmern. Dann begann ein peinliches Darben, durch kurze und kraftlose neue Anläufe unterbrochen, deren Hoffnungslosigkeit ihn schier selber lächerte. Dann bemerkt er, daß er an gar nichts denkt; weder an gestern noch an morgen, nicht an heute. Dann blieb er im Salon oder kehrte heimlich dorthin zurück und musizierte allein bis tief in die Nacht. Dann ereignete sich, was ich befürchtet hatte und durch ein längeres und verzweigtes Gespräch verhindern zu können glaubte. Dann erwachte er, so jäh, so köstlich erschrocken, wie man einsam erwacht, mit einer keimenden Liebe im Herzen. Dann fiel ihm ein, daß er auch heut wieder das Wollpaket für seine Frau beim Portier hatte liegenlassen. Dann fügte sich der Maler sehr gut in den Kreis von Helfern, die K. allmählich um sich versammelte. Dann hatte der junge Graf Mölln noch eine weite Strecke bis zu dem väterlichen Wohnsitz allein zu wandern. Dann hatte sie sich plötzlich selbst unterbrochen, nach mir hergesehen und gerufen: Wie kann man so gedankenlos sein. Dann hing sie sich mit beiden Händen an seinen Hals, lehnte sich zurück und sah ihn lange an. Dann ist meine Kur immer wieder viertel- und halbjahrsweise verlängert worden, und ich bin immer noch nicht gesund. Dann kamen die Russen und die Sachsen, weil sich in der Stadt der arme Polenkönig Stanislaw Leszczynski verbarg. Dann konnte sie sogar irgendjemanden, der ihr gerade ungelegen kam, ohrfeigen, wie man sich vielleicht zu erinnern beliebt. Dann machte Unrat, scheu, feindselig und voll bittern Verlangens, eine weite Runde um das Hotel zum Schwedischen Hof. Dann murmelt sie unten, zieht an seinem Schlips, dann geht es los: Franzeken, kann ick dir wat sagen. Dann nahm sie einen schönen, rotbackigen, streckte die Hände hinter den Rücken und ließ raten: Rechts oder links. Dann raffte sie dieselben zusammen und trug sie geschäftig herum und eines ums andere in den Berg hinein. Dann sagte er: Mich haben diese Aufregungen und Skandale um einen alten oder neuen Burgtheaterdirektor aber nie berührt. Dann sah er zu ihr auf und sagte: Haben Sie schon Ihren früheren Verdacht wegen Fräulein Bürstner aufgegeben. Dann sind wir ein wenig am Donaukanal spazierengegangen und dann nachhaus zu Otto, den Stangeler hat er mitgenommen. Dann trat sie vom Balkon her wieder über die Türschwelle zurück, hob den Blick und faltete die Hände. Dann überlegt er im Stillen, was sie in Manhattan machen werden: Sonntagnachmittag, Regen, ihr kleines und vergittertes Apartment. Dann versuchte er, sich auf die Fragen und auf seine Antworten zu besinnen, aber alles ging ihm durcheinander. Dann war noch der Sohn da, ohne die geringste Ähnlichkeit mit irgendwem in der Familie, dunkel, gutmütig, unbefangen. Dann wieder ist es still in einer langen Straße ohne einen einzigen Menschen; nur Mülltonnen, Rudel von Mülltonnen. Dann wieder sah man das üppige Grübchen erblühen, sybaritische Schalkheit, ein tanzendes Gewänderraffen, die heilige Unsittsamkeit des Heidenpriesters. Dann würden wir da droben segelfahren, über Wälder und Dörfer und Oberämter und Länder weg, wie schöne Schiffe. Dann zog sie die Hand unter die Mantille zurück, neigte den Kopf und machte sich wieder ans Wandern. Dann zogen Wolken auf, drangen vom Piz Michel und Tinzenhorn gegen Nordosten vor, und das Tal verdunkelte sich. Dann, aus einem Pathos ins andere springend, ein listiger, leicht vorgebeugter, Versöhnung gaukelnder Vittlar: Amerika, freue dich, Oskar. Daran wurde ich durch den Wechsel in Basinis Ausdruck erinnert; ich wußte nun alles und wartete nur noch. Darauf mußte es ‚lichtsuchende Jugend‘ mit ansehen, wie Naphta den Argumenten, einem nach dem anderen, den Hals umdrehte. Darauf wandert Franz Biberkopf ruhig weiter, die Postkarte wird er Cilly zeigen, ist ja gar nicht so eilig. Darauf zog sie hastig ihre Hand zurück, betrachtete sie, roch daran und versetzte starr: Sie sind ja fettig. Daraufhin ignorierte ich ganz einfach den Künstlertisch und bestellte mir an den John- und Gemischtwarenhändlerinnentisch ein Glas Bier. Darüber hinaus war es anderen Unterseebooten gelungen, im Atlantik fast genau soviel Bruttoregistertonnen in den Grund zu bohren. Darum braucht er auch keinen Magnetopathen aufzusuchen, wohin ihn Eva schicken will, weil er ihr mal geholfen hat. Darum sagte er: Sehen wir also von der wirklichen Freisprechung ab, Sie erwähnten aber noch zwei andere Möglichkeiten. Darum trinkt er auch schon kein Bier und kein Schnaps, nur dünnen Kaffee, der verträgt nicht einen Tropfen. Das alles kostete Zeit, und so kam es, daß bis zum Stelldichein zwei Tage und drei Nächte vergingen. Das alles war bei Eduarden so fertig geworden, daß er keinen Tag länger anstehen mochte, der Ausführung näherzutreten. Das an die Dunkelheit gewöhnte Auge fand später im Wald unschwer bei langsamem und vorsichtigem Gehen den Weg. Das Bachbett war tief eingerissen, der Wald kam im Bogen, der Schlucht folgend, bis an den Tümpel herab. Das Bild eines Gärtners drängte sich ihm auf, der jeden Morgen seine Beete begießt, mit gleichmäßiger, zuwartender Freundlichkeit. Das dauerte länger, da sich bei den meist großen Entfernungen an jedem Tag nur eine Visite machen ließ. Das Dienstmädchen hatte sich entfernt, ich wußte das nicht und glaubte es noch in meiner Nähe zu empfinden. Das Dorf lag mit roten Ziegeldächern und silbergrauen Strohdächern zwischen herbstfarbige Obstbäume gebettet, rückwärts vom dunklen Bergwalde überragt. Das dritte, die Vollendung, ist die Sorge gar vieler Gewerke; ja wenige sind, die nicht dabei beschäftigt wären. Das dünkte mich schon eine unendliche Zeit; allein auch sie ging vorüber, ohne daß meine Lage sich änderte. Das echte Engelhardt-Karamelmalzbier besitzt wie kaum ein anderes Getränk die Eigenschaften des Wohlgeschmacks, der Nährkraft, Bekömmlichkeit, erfrischenden Wirkung. Das einzige, was mich stutzig macht, ist, daß es alles klingt, als ob es Vogelsang selber geschrieben hätte. Das Ergebnis ist im voraus klar und von größter Simplizität, aber innerlich entzückend bis zu ebenfalls tränentreibender Wirkung. Das erste, was er in dem kleinen Zimmer sah, war eine große Wanduhr, die schon zehn Uhr zeigte. Das erste, was wir tun sollten, sagte der Hauptmann, wäre, daß ich die Gegend mit der Magnetnadel aufnähme. Das Fest zu deinem Geburtstag ist gelungen; mein Schreibtisch als kaltes Buffet; so viele kluge Freunde und Tanz. Das Fluder ist vielfach außen davon bedeckt, an den Jochen aber hängt es in feuchten und tropfenden Bärten. Das ganze äußere Leben mit all seinen Schrecken kann in sie einströmen und sie füllen bis zum Platzen. Das Gefühl der Wahrheit meiner Reue, meiner Buße, der Überzeugung, daß mein Sinn geändert worden, richtete mich empor. Das Gelübde war gesprochen; während eines Wechselgesanges, den die Klaren Schwestern anstimmten, wollte man Aurelien das Nonnengewand anlegen. Das gesellschaftliche Problem, das Problem der Koexistenz selbst ist Politik, durch und durch Politik, nichts weiter als Politik. Das Gespräch war lebhaft und abwechselnd, wie denn in Gegenwart solcher Personen alles und nichts zu interessieren scheint. Das Gewöhnliche, das Massenhafte, werde bestimmt durch die Masse, das Ungewöhnliche, das Große, werde bestimmt durch das Große. Das Gläschen war so voll geschenkt, daß das Brot an allen Seiten daran herunterlief und den Teller benetzte. Das hat mit Leibarmut gar nichts zu tun, und was die Gelübde betrifft, so gibt es da Vorbehalte. Das hatte er aber leider versäumt, und dieses Versäumnis werde auch noch weitere Nachteile bringen, nicht nur zeitliche. Das heißt aber: für Herrn von Stangeler waren diese Monate und Wochen eine Zeit des Hochdrucks, eine Campagne. Das Herrenhaus ist vornehm, und alles ringsumher gedeiht, und an Milch und Wurst und Schinken ist kein Mangel. Das ist der Marsch, der die Menschen aufwühlt, daß es ihnen den Rücken herunterläuft, daß ihre Augen leuchten. Das ist ein herrliches Spiel, fuhr er fort, in seiner hohen Einfachheit das wahre Spiel für geistreiche Männer. Das ist einer von den ganz Gescheiten; sehen Sie ihn nur an, er sieht ja direkt vergeistigt aus. Das ist mir sehr wichtig, sagte K., in meinem Fall arbeitet er noch immer an der ersten Eingabe. Das ist nicht möglich, sie können den Wallau doch nicht fangen, das ist keiner, der sich fangen läßt. Das ist zweifellos ein Einfluß, ja ein Eingriff, ein bleibender Ritz in der Wachsplatte: jemandem die Hosenträger abzugewöhnen. Das kannte man aus den Wochenschauen; auch war es nach der Verteidigung der polnischen Post ähnlich ergebungsvoll zugegangen. Das Kind ohne Eltern, vielleicht weil der Vater im Kittchen saß, war abends in das Lokal gebracht worden. Das Kind werden wir schon schaukeln, da können Hunde kommen und können fressen, was von dir übrig ist. Das lag in ihm wie ein Stein, von dem nichts weg geschlagen, an welchen nichts angefügt werden konnte. Das letzte, was ich außer meinen unverkäuflichen Bildern und Entwürfen besaß, waren die mit meinen Naturstudien angefüllten Mappen. Das Mariechen, ein Kind von Fünfzehn, an den Schmiedtheimer SS-Messer versprochen, der bestimmt nichts nimmt, woran was ist. Das mit dem Fleisch, das bleibt, und ich habe Enkel und Enkelinnen, da seh ich es jeden Tag. Das mochte wohl seine Ehre haben, aber auf die kritische Würde des Einzelwesens nahm es nur wenig Bedacht. Das Nützliche erhält wieder die Oberhand, und selbst der Vielbesitzende meint zuletzt auch das alles nutzen zu müssen. Das obige Liedchen aber schien sogar auf ein schlimmes Abenteuer zu deuten, welches er auf seiner Freite bestanden. Das Paar wirkte auf Mary wie etwas sich gleichsam Vorführendes (Promenade im wörtlichen Verstande), ein Wandelbild, Bühne, Theater. Das Paradoxon ist die Giftblüte des Quietismus, das Schillern des faulig gewordenen Geistes, die größte Liederlichkeit von allen. Das Pferd aber sagte, das sei nur eine leichte Anschürfung, der ganze Boden stecke voll von solchen Sachen. Das sagt sich leicht, wenn man's nur so beiläufig weiß, meinte er, aber man muß es gesehen haben. Das scheidende Mädchen errötete noch stärker in die Abendröte hinein, als sie zuletzt auch mir die Hand bot. Das Schicksal Ihres Onkels, von Ertzum, dürfte auch das Ihre werden oder doch dem jenes sich ähnlich gestalten. Das sind mir junge Leute heutzutage, sagte der Hochwürdige, das hat ja gar keinen ordentlichen deutschen Appetit mehr. Das soll einer wegmachen, den Sarg soll einer wegschieben, ich kann doch nicht aufstehen, ich kanns doch nicht. Das sollen Sie nicht sagen, versetzte lächelnd das Fräulein, daß wir hierzulande schlimmer gesinnt seien als die Toten. Das sollte also das Ende so langer Lehrjahre und die Erfüllung so großer Hoffnungen und zuverlässiger Worte sein. Das Spiel hatte aufgehört, ohne daß man sich bemüßigt gesehen hätte, Karten und Geld vom Tische zu räumen. Das tat sie, brach mit erhobener Stimme ab und ersetzte den Schluß durch die erhöhte Würde ihrer Haltung. Das Terrain wurde flacher und ging in eine sanft geneigte Schonung mit reihenweise stehenden kleinen Fichtenbäumchen über. Das verändert ihr Gesicht augenblicklich, und meistens hat er dann nicht das Gefühl, besonders witzig gewesen zu sein. Das Volk tanzte sich von der Maiwiese, bis die zwar arg zertreten, aber immerhin grün und leer war. Das war die ganze Veränderung, die mit ihm vor sich ging; seine Augen waren schon vorher tot gewesen. Das war natürlich die rechte Art nicht einzuschlafen, und Hans Castorp spürte jetzt auch gar keine Neigung dazu. Das war wieder die alte Luft, die einem die Schläfen streifte, als ob sie vom Frost gestreift sei. Das Weib will wieder raus, da winkt Pums Franzen: Sie, Biberkopf, Sie wollten doch einen Brief besorgt haben. Das Widerwärtige war hier schon immer widerwärtiger, das Abgeschmackte schon immer abgeschmackter und das Lächerliche schon immer lächerlicher. Das wird doch nicht etwa schon die Polizei sein, die, vom Vittlar geweckt, hierhergefunden hat und dich wachleckt. Das zerknitterte Stück Butterbrotpapier faltete er zusammen und steckte es ein, damit es Else morgen wieder verwerten könnte. Daß die Künstlerin Fröhlich so zuversichtlich und heiter bleiben und den Schreiern und Zischern noch Handküßchen zuwerfen mochte. Daß er den Mann als einen Untergeordneten behandelt, erkennt man aus vielem, das dir noch erinnerlich sein dürfte. Daß er hier saß und sprach und daß sie sprachen, und vor allem wunderte er sich über sich. Daß er noch zuletzt Franz einen Stoß gegeben hatte, war bedauerlich und nur durch seine Aufregung zu entschuldigen. Daß er sich schlägt, versetzte Naphta, bleibt immerhin eine greifbare Eigentümlichkeit seines Standes, lassen wir das gut sein. Daß Lohmann auch gar nicht aus seiner Ruhe kam, obwohl sie sich immer nur nach seinem Freund erkundigte. Daß man den Ort verändern müsse, war allzu deutlich, wie es geschehen solle, nicht so leicht zu entscheiden. Daß sein Beispiel andern gefährlich werden, in der Stadt Verderben aussäen könne, darauf war er noch nicht verfallen. Daß wir hier abberufen wurden, ist mir wie ein Zeichen, daß ich noch zu Gnaden angenommen werden kann. Dazu kam noch das pommersche Fußartillerieregiment Numero 2, welches später durch das westpreußische Fußartillerieregiment Numero 16 abgelöst wurde. Dem Bildhauer hackten sie beide begabten Hände ab, damit er in Zukunft nicht weiterhin Hexen zu Galionsfiguren machte. Dem Kaiser entgegen wallte der Anführer, ein alter Mann im weißen, schwarzgestreiften Gebetmantel der Juden, mit wehendem Bart. Dem siehste nichts an, wenn er so sitzt und grübelt und sein Zichorien trinkt, immer Lorke und Lorke. Dem Stellmacher schickt er einen Kassiber zu, Reinhold ist schuld, hat gezinkt, ich sage, er ist bei gewesen. Den ältesten Buben hieß sie die schmutzigen Strümpfe gegen die frischen wechseln, die auf der Herdstange getrocknet waren. Den Burschen, der sonst nichts gelernt hatte und auch nicht gerade ein Kirchenlicht zu sein schien, irgendwo unterzubringen. Den einzelnen Angehörigen der Besatzung, die sich in den Hexenkessel des Bräuhauses verirrt hatten, begegnete man nachbarlich freundlich. Den Hausstand führte seit vielen Jahren Schalleen, eine Goldschmiedstochter aus Altona mit weißen Stärkrüschen um ihre walzenförmigen Handgelenke. Den Jungen kannte ich nicht, aber Greff sollte ich durch seine Frau Lina später kennen und begreifen lernen. Den Löbsack richtig einschätzend, in seinem Buckel ein Zeichen hoher Intelligenz sehend, machte ihn die Partei zum Gauschulungsleiter. Den noch lange leuchtenden Straßenbahnwagen ließen wir zurück und blieben den Henkern, auch dem Opfer auf den Fersen. Den Schlüssel hatte er beim Hineinspringen heruntergeworfen, der lag inwendig; das Schloß war zugeschnappt, und er stund gebannt. Den Werkmeister Pichler schien das irgendwie zu bewegen, sein Blick lag durch Augenblicke auf Melzer mit besonderer Wärme. Denen in den Briefkörben fiel es schwer, schwarz von rot zu unterscheiden, die wollten keinen Skat mehr spielen. Denn an Ihrem Haar (ich wünschte Ihnen, daß es mehr wäre) sieht man deutlich, daß Sie gebadet haben. Denn bei all seinen Vorzügen, er ist nicht der Mann, sich diese Liebe mit leichter Manier zu gewinnen. Denn beim Militär schickte sich auch für den Kaiser alles, beim Militär war sogar der Kaiser ein Soldat. Denn daß er wirklich unglücklich und leidend war und alle eingebildeten Qualen auch fühlte, konnte ich nicht verkennen. Denn der Kummer nagte an seinem Innern und höhlte es aus, und er mußte sich am Leben erhalten. Denn der Rolladen gehörte dem Musikalienhändler Kellner, der bei solchen Gelegenheiten die Karten verkaufte und alles Nähere wußte. Denn die kleine Stadt lag weitab von der Residenz, im Osten des Reiches, in spärlich besiedeltem, trockenem Ackerland. Denn die Liebe, das seh' ich klar, ist demütig, und ich fühle, wie meine Fehler von mir abfallen. Denn die Sorgfalt, mit der er heute seine Geschäfte erledigte, war keineswegs eine geringere als an anderen Tagen. Denn die Wege waren wirklich kaum gangbar jetzt, sie befanden sich in voller Auflösung, und die Nebel brauten. Denn dieser kam eilig um die Ecke am Kohlmarkt, ohne die Gruppe zu bemerken, und wollte schon vorbei. Denn durch erfolgreiche Sozialreform wären diese des wichtigsten Rechtfertigungsmittels verlustig gegangen, jene aber ihres heiligen Standes beraubt worden. Denn es erschien ihm lästerlich, den Tafelspitz zu genießen, dieweil die Würmer den alten Jacques im Grabe fraßen. Denn es liegt für Dich doch kein Einwand darin, daß Gerda nur drei Jahr jünger ist als ich. Denn Fortschritt sei nur in der Zeit; in der Ewigkeit sei keiner und auch keine Politik und Eloquenz. Denn haben wir nicht meistenteils die Schwäche, daß wir jemanden auch zu seinem Besten nicht gern quälen mögen. Denn ich kann dir sagen, es war schlimm, und ich habe mitunter viele Wochen lang kein Auge zugetan. Denn immer, wenn Gott mein Leben wieder in Stücke gehen ließ, so war ich doch nicht ganz verloren. Denn Papa is ein sehr guter Mann, und seine Sechzig drücken ihn nu doch auch schon ein bißchen. Denn schon waren die edlen und gesunden Formen Claude Lorrains im flüchtigen Jugendgemüte wieder unter die Oberfläche getreten. Denn sie ist zu nichts gut, als den Fleiß einzuschläfern, den wir dem Bau des Gesellschaftstempels zuwenden sollen. Denn so weich und nachgiebig sie ist, sie hat auch was Rabiates und läßt es auf alles ankommen. Denn Stadt und Land sind hier sehr verschieden, und du wirst nur unsere Städter kennenlernen, unsere guten Kessiner. Denn trotz knirschender Demut, trotz gleichfalls knirschender Lästerungen bekam ich weder meine Trommel noch Jesu Stimme zu hören. Denn was eine solche Person betreffe, so bekenne sie unwidersprechlich, daß sie die Ehe für etwas Unentbehrliches halte. Denn, ohne daß sie es sich eingestanden, fühlte jeder, daß hier nur eine Art Zwischenzustand geschaffen werden sollte. Denn, wenn die Liebe demütig und bescheiden mache, was gewiß richtig sei, so mache sie sicherlich auch stark. Dennoch hob es sich zuweilen drängend und wallend auf in Hans Castorps Zivilistenbrust, im Begriffe, sich zu ergießen. Dennoch sprach Gerhard die Gudrun an, und als sie am Hauptbahnhof Düsseldorf ausstiegen, hatten sie zumindest Freundschaft geschlossen. Dennoch stellte ich mir allzu genau den nackten, rosa Jesusknaben auf dem linken Oberschenkel der Jungfrau Maria vor. Der Abzuurteilende hatte sich, das mindeste zu sagen, etwas unheldisch benommen, und alle waren für schuldig und totschießen. Der Ahnen- und Adelstolz ist in unserer, alles immer mehr vergeistigenden Zeit eine höchst seltsame, beinahe lächerliche Erscheinung. Der Alte habe es gemerkt und so gewettert, daß es in der ganzen Anstalt zu hören gewesen sei. Der Alte saß, beide Hände hingen schlaff und halbverdeckt von den steifen, runden, glänzenden Manschetten an den Armlehnen. Der Anblick dieser menschenähnlichen und durch den Künstler noch mehr vermenschlichten abscheulichen Geschöpfe machte Lucianen die größte Freude. Der Arbeiter öffnet den Mund: Ich sage dir, ich seh schon: an dir, Genosse, ist jedes Wort verloren. Der Aufseher sitzt äußerst bequem, die Beine übereinandergelegt, den Arm hier über die Lehne hinunterhängend, ein Lümmel sondergleichen. Der Aufzug des Lämmleins war nahezu unbeschreiblich, von nicht geringer Komik (für uns), von allersüßester Holdseligkeit (für Melzern). Der Bezirkshauptmann klinkte das Fenster auf, und sofort drangen die heiteren, maienhaften Geräusche des Hofes ins kleine Zimmer. Der Bezirkshauptmann sah den frisch ernannten Leutnant der Kavallerie in das gleiche Zimmer treten, blau, golden und blutrot. Der Bezirkshauptmann sah nur die Umschläge an, gab sie zurück und befahl, sie in die Kanzlei zu legen. Der Boden, auf dem man steht, ist ganz zerfressen, und überall sind Löcher und Gänge wie im Tuffstein. Der Chef hat seine Möbelfabrik, und ob ich Aufträge reinbringe für die Schuhabteilung, ist ihm eigentlich ganz gleich. Der Direktor aber hielt eine zornige Ansprache wegen der zutage getretenen Roheiten und ordnete eine strenge Untersuchung an. Der eine hat ein schlaffes Gesicht und graues Haar, er sitzt in der Pelerine: Nun schießen Se los. Der eine Viehhändler qualmte und grinste: Da war Ihnen wohl vorher ein besonders dicker Stein ins Genick gefallen. Der erschütterte Gesundheitszustand fast aller Kulturvölker der Gegenwart hat seine Ursache im Genuß entwerteter und künstlich verfeinerter Nahrung. Der erzählte von Georg: An ihm haben die uns zeigen wollen, wie man einen baumstarken Kerl einszweidrei umlegt. Der filzhütige Mann streifte ihn mit einem kurzen Blick, der ganz gleichgültig war und dabei doch ganz genau. Der Frau befahl er, sich unverweilt nach Arnheim zu begeben und den dortigen Ge-

schäftsfreund in Kenntnis zu setzen. Der Frau Siebenschein aber wird man unbedingt zustimmen müssen,
in Ansehung der Situation, welche da geschaffen worden war. Der freie Erwerb ist eine Sache, für welche
manchen Menschen der Sinn sehr spät, manchen gar
nie aufgeht. Der fremde Maler war aufgestanden und
durchbohrte mich mit den stieren lebendigtoten Augen
wie damals in der Kapuzinerkirche. Der Frühstücks-
tisch stand in Schräglinie vor einem Meinen, recht-
winkligen Sofa, das gerade die eine Ecke des Wohnzim-
mers ausfüllte. Der geht mit zwei Engels spazieren, sein
Schatz ist ne Moulage uffm Präsidium, macht doch wat
mit dem. Der Geistliche hatte sich erst ein paar Schritte
entfernt, aber K. rief schon sehr laut: Bitte, warte noch.
Der gepflegten, reinen, unnahbaren Gesichter, die ihm
zu Hause bei den Diners oft eine gewisse Ehrfurcht ein-
geflößt hatten. Der Gesichtsausdruck des Rittmeisters
war indessen ein solcher geworden, daß Melzer besorg-
te, jener würde nun ohne weiteres losbrüllen. Der ge-
werbliche Mittelstand wird auf das Pflaster gesetzt und
auf diese Weise erdrosselt, der Gerichtsvollzieher hält
reiche Ernte. Der gibt ihm, damit er besser steht, mit
dem flachen Beil noch einen leichten Schlag gegen ein
Hinterbein. Der ging nicht in den Kopf, er ging, wie die
Kenner zu sagen liebten, nur in die Füße. Der Graf
führte mich in seine Zimmer im Erdgeschosse, deren
Mittelpunkt ein heller Bibliotheksaal mit geräumigen

Arbeitstischen bildete. Der Graf hatte sie, da er von der Sache wußte, aufgestöbert und aus dritter Hand an sich gebracht. Der Gregers hätte mir ja noch mehr entsprochen, sagte der Burgschauspieler und schaute sich in der Runde um. Der große, schwarze Feldmarschallshut mit dem üppigen, pfauengrünen Reiherbusch lag neben dem Kaiser auf einem wacklig aussehenden Tischchen. Der hängt sich den Leuten nicht an die Rockschöße, um sich blauen Dunst und Harmlosigkeit vormachen zu lassen. Der hat sich die Hand verbrannt, doktert herum, hat immer gut gearbeitet und hört jetzt nur immer Schimpferei. Der Herbst war schöner als je, voll sanfter Sonne, mit silbernen Morgenfrühen, farbig lachenden Mittagen und klaren Abenden. Der Herbstnebel traf gerade heute zum ersten Mal ein und verschleierte schon den Baumgarten mit seinem silbernen Gewebe. Der Herr Advokat ist krank, sagte das Mädchen, da der Onkel, ohne sich aufzuhalten, auf eine Tür zueilte. Der Hintergrund, auf welchem die zwei Wappen standen, zeigte ein Gartenland mit einer Gesellschaft zechender Engelsfigürchen zwischen Rosenbüschen. Der hob die Schultern: Gottlieb, Vogel hin, Vogel her, setz dich in meine Lage und dann rede du. Der hört nicht, steckt das Heft wieder ein, das Gespräch ist zu Ende, Franz denkt, ich verabschiede mir. Der in Angst und im Triumph des Examens untergetauchte Ehrgeiz war wieder wach und ließ ihm keine Ruhe. Der

Invalide flüsterte, die Hand vor dem Mund, er rülpste: Bist du ein deutscher Mann, Hand aufs Herz. Der ist nicht gesund, der wird keine 50 alt, aber denen was fehlt, die sind am gefährlichsten. Der junge Kirsch war sicher schon abgereist, war enttäuscht zurückgereist in den Reichtum und in die Anständigkeit Amerikas. Der junge Mann nahm das Buch in beide Hände und blätterte es schnell von hinten nach vorne durch. Der Kaiser wandte sich im Sattel um und sagte: Er hat auch nur zu mir gesprochen, lieber Kaunitz. Der Kapitän scheint seine treulose Gattin, die demnächst ihren Liebhaber heiraten wird, nicht allzu hoch bewertet zu haben. Der Kitt seiner täglichen Sorgen löste sich da und die Stunden seines Lebens fielen ohne innerlichen Zusammenhang auseinander. Der Kleine aber bezwang sich nicht, um den Blick seiner Mutter zu ertragen, er merkte ihn gar nicht. Der kleine Törleß schnitt ob dieser Bevormundung ein mißmutiges Gesicht und Beineberg grinste geschmeichelt und ein wenig schadenfroh. Der Koch des Klosters wußte vorzüglich auf eine leckere Art Fastenspeisen zuzubereiten, die den Gästen gar wohl schmeckten. Der Kommissar sagte: Bitte, erzählen Sie uns jetzt ganz genau, wie sich Bellonis Besuch bei Ihnen zugetragen hat. Der Komponist selbst hätte seine Freude daran gehabt, sein Werk auf eine so liebevolle Weise entstellt zu sehen. Der König, der das erreichte, hieß Kazimierz, wurde der Große genannt und war der Sohn des ersten Wáadysáaw. Der Konsul stand gedankenvoll neben seiner Gattin, die ihre Pelzpelerine mit graziöser Bewegung fester um die Schultern zog. Der Laden lag schräg gegenüber, lag günstig, weit günstiger lag er als die Bäckermeisterwohnung Alexander Scheffler im Kleinhammerweg. Der leidenschaftliche Knabe fühlte, wie man ihm auswich, und begriff es, aber auf Hans hatte er sich verlassen. Der Leutnant erkannte, daß hier die Arbeiter saßen, die sich um zwölf Uhr vor der Fabrik versammeln sollten. Der Leutnant fuhr fort: Ich hatte, allerdings gegen Mitternacht, einen harmlosen Spaziergang mit der Frau unseres Regimentsarztes gemacht. Der Leutnant machte eine ungeheure Anstrengung, hob den Blick und starrte ein paar Sekunden dem Doktor ins Angesicht. Der Leutnant Trotta sah, wenn er getrunken hatte, in allen Kameraden, Vorgesetzten und Untergebenen alte und gute Freunde. Der Leutnant verließ den Waggon, hielt den Zeitungsverkäufer an, kaufte rasch fünf englische Kriminal-Romane (Auftrag von Trnowo her). Der Major entfernte sich, Charlotten tief im Herzen beklagend, ohne jedoch das arme abgeschiedene Kind bedauern zu können. Der Major fand sich einigermaßen konsterniert und aus dem Konzepte (mochte er da immer im Konzepts-Dienst tätig sein). Der Major Prohaska stand in der Toilette, ehrlich bemüht, seinen dicken, kurzen Finger in den Gaumen zu stecken. Der Major Trotta, in

Tschako und Paradeuniform, hielt die ganze Zeit eine Hand auf der Schulter seines Sohnes. Der Mann hatte blanke Schaftstiefel an, trug einen Leinenmantel über dem Arm und schien ein Viehhändler zu sein. Der Mann war auch verzogen, sie rannte den ganzen Nachmittag von Lokal zu Lokal, schließlich hat sie ihn. Der Mann war sicher erst Anfang Dreißig, aber von der Nase zum Mund liefen beiderseits solche klaffenden Einsenkungen. Der mit dem sehr, sehr dicken Buch unter dem Arm, das halb so hoch war als er selbst. Der Morgen brach an; Eduard säumte nicht, unbegleitet sich zu Pferde dahin zu begeben, wo Ottilie übernachten sollte. Der Nachtfalter schnatterte dazwischen, fern rückte ein Gewitter an schweren Möbeln, Matzerath hörte ich sprechen, gleich darauf Mama. Der Oberst verschloß hierauf die Entwürfe im großen Kasten der Regimentskanzlei, zu dem er allein die Schlüssel hatte. Der Onkel, der schon wegen des langen Wartens wütend war, wandte sich mit einem Ruck um, rief: Krank. Der Ort war, seit man Virgils bukolische Gedichte in der Schule gelesen hatte, für ihn damit in Verbindung. Der Pfarrer ging auf sie zu, und auch die beiden anderen traten ein, und die Tür wurde zugezogen. Der Pfarrer hatte einen Sohn und eine Tochter, welche beide in ihren Neigungen von denjenigen ihrer Umgebung abwichen. Der Platz, die Häuser, das Spital, die Kirche wurden im Krieg bombardiert, als sie schon lange ge-

storben waren. Der Prinz war ebenso tiefsinnig geworden, er fühlte sich von Regungen ergriffen, denen er
nicht zu widerstehen vermochte. Der Prozeß muß eben
immerfort in dem kleinen Kreis, auf den er künstlich
eingeschränkt worden ist, gedreht werden. Der Reise-
paß selbst war glücklicherweise in Ordnung und noch
gültig, alles vom Frühjahr und Sommer her, unseligen
Angedenkens. Der Rhein lag vor ihm und dahinter die
Stadt, durch die er vor ein paar Tagen gelaufen war. Der
SA-Posten sah es ihm an, daß er um das Aufgebot kam,
lachte, wie er ans Wohnzimmerfenster klopfte. Der
Schall der Tritte überzeugte mich, daß wir uns in Ge-
wölben befanden, deren Bestimmung der durchdrin-
gende Totengeruch verriet. Der Schein wurde notiert,
das herausgegebene Geld mit der Summe verglichen,
die man bei dem Toten gefunden hatte. Der Schieber
wurde zugemacht; der Totengräber und sein Gehilfe
stiegen herauf, und bald war der braune Hügel aufge-
baut. Der Schläfer reckte sich einige Male träge, dann
fuhr er auf und blickte Törleß mit schlafblöden Augen
an. Der Schulmeister merkte bald, daß ich ein williger
Zuhörer und auf seine Fragen nach Vermögen einzu-
gehen bereit sei. Der Schuß war ihm von Laska
überlassen worden; der Major hielt sich nur bereit: aber
Melzers Kugel saß. Der sitzt in der Zelle, raucht seinen
Tabak, wenn er welchen kriegt, und sagt: Ihr könnt mir
alle. Der Stil des Ganzen war gewahrt worden, und

über Korridoren und Kreuzgängen spannten sich feierlich die gotischen Gewölbe. Der Tisch war indessen abgeräumt, die Jägerburschen nahmen ein paar Hörner von der Wand und bliesen ein Jägerlied. Der Türhüter muß sich tief zu ihm hinunterneigen, denn die Größenunterschiede haben sich sehr zuungunsten des Mannes verändert. Der Uhrmacher Laubschad, der alte Herr Heilandt, Meyn, der Trompeter, doch ohne sein Blech und auch einigermaßen nüchtern. Der Untersuchungsrichter schien aber noch schneller als K. gewesen zu sein, denn er erwartete ihn bei der Tür. Der Vater grollte ein wenig über den maßlosen Ölverbrauch, sah dies Studieren aber doch mit wohlgefälligem Stolze an. Der Vater setzte die bauchige Flasche mit Braunbier neben die Lampe, erhob sich und sah nach dem Kunden. Der Verkehr mit den Banknachbarn war aufs allerstrengste verboten und zog unerbittlich den Ausschluß vom Examen nach sich. Der Vorsitzende gab mir hierauf das Wort, mit welchem ich, halb schüchtern, halb empört, einige Prahlereien zustande brachte. Der Vorsitzende schüttelte sich diesmal heftiger, einer der Richter trompetete durch die Nase und hielt sich den Bauch. Der Wind war wieder aufgekommen und fuhr lustig in den dichten Wasserschleier, zerriß ihn und trieb ihn umher. Der Wirt des Hotels, wo du gewohnt hattest, bestätigte die Vermutung, daß ich deiner Flucht förderlich gewesen war. Der Zimmerer hält

Franzen fest: Wenn du was weißt, da sind Kriminals, geh doch hin, kannst was verdienen. Dergleichen ist unvermeidlich, wenn ein Haushalt aufgelöst wird, in dem zuletzt sowieso schon ein bißchen lax regiert wurde. Dergleichen Reisende mochte es in der Stadt gar viele geben, und um so weniger veranlaßte ich weitere Nachfrage. Derjenige ist am besten bei Leben, dessen augenscheinlich vorhandene Ordnung überaus diskret und als solche kaum auffindbar ist. Des andern Morgens war der Hauptmann verschwunden und ein dankbar gefühltes Blatt an die Freunde von ihm zurückgeblieben. Des Nachts aber ließ ihn eine Eifersucht, mit der er Beineberg und Reiting bewachte, nicht zur Ruhe kommen. Deshalb fiel er mir auch nicht auf, als ich auf der Kabeltrommel saß und er im Apfelbaum lag. Deshalb kann ich es auch wagen, hier und da einem armen Manne, der einen Prozeß hat, zu helfen. Dessen verschwiegenes Unglück bei Etelka Stangeler war längst ausgemacht, die Verlobung mit Pista schon so gut wie offiziell. Det hab ick ausgehalten, und jetzt bin ick hier, und dann hast du nicht zu sagen ‚mach doch‘. Det kennt gar nichts anderes bei mir, hier ist immer Rauch, in der Kneipe, heut ist noch dünn. Dicht und senkrecht ging er hernieder, und sein Rauschen erfüllte unabänderlich, öde und hoffnungslos die Stille des Kurgartens. Die Abreise des Mädchens vergaß er nicht, noch weniger vergaß oder überwand sein Blut die Aufreizungen dieser Tage. Die Äbtissin schrieb ihrer Schwester sehr oft über den Pflegling und betrauerte vor einiger Zeit tief seinen Verlust. Die alte Frau hüpfte über den Graben, aber nicht gegen das Küchenfenster, sondern tiefer hinein in Messers Feld. Die alte Katherine verlor einen Schuh und zog sich keuchend zurück, aber Anna ward immer wilder und behender. Die alte Ordnung des Klosters war geblieben, und ich trat in die Reihe der Brüder ein wie sonst. Die alten Männer aus der Zeit vor dem großen Kriege waren vielleicht törichter als die jungen von heute. Die andere ist voller Gestein für diesen Ofen: Granit, wovon es in dieser Gegend mehr als genug gibt. Die Antwort darauf erschien ihm nicht in armen und wichtigtuerischen Worten: er fühlte sie, er besaß sie zuinnerst. Die Aufwärterin schrubbert und putzt gewaltig, sie ist unheimlich dürr, aber elastisch, für ihre beiden Kinder schuftet sie. Die Ausflügler bestellten einen Imbiß bei der dienstwilligen Wirtin: Kaffee, Honig, Weißbrot und Birnenbrot, die Spezialität des Ortes. Die Banane ist die sauberste Frucht, da sie durch ihre Schale vor Insekten, Würmern sowie Bazillen geschützt ist. Die Base sah mich mehr als einmal mit einem spöttischen Näschen an, daran mir aber nichts gelegen war. Die Bauern dieser Gegend haben ihn für einen mächtigen Zauberer gehalten, und vielleicht ist er auch einer gewesen. Die beiden Ärzte hielten dafür, daß auf jeden Fall für die Nacht eine barmherzige Schwester herbeigeschafft werden müsse. Die beiden dicken Leute im Saal hatten eine weitere Nummer ihres Programms unter hörbarem Atmen zu Ende gebracht. Die beiden hatten für Frau Mary noch immer eine Art höherer Weihe, wenngleich sie dieses sich keineswegs eingestand. Die beiden Hofdamen schienen Schwestern, sie waren sehr jung und ebenso unbedeutend, zum Glück aber sehr anspruchslos geputzt. Die Besorgung des Weinberges war, nebst dem Schlagen und Kleinmachen des Holzes, seine Hauptarbeit in seinem beschaulichen Leben. Die Bilder der nackten Mädchen klebten in der Dunkelheit des Ganges vergessen und verworfen an der schmutzigen Mauer. Die Blechtrommel zog ich unter der Bank hervor, zündete mir gelassen eine Zigarette an und begann zu trommeln. Die Dame vor ihm freilich wandte den Kopf, als er sich setzte, und musterte ihn mit schmalen Augen. Die dicke Frau mußte sich für ihre nächste Nummer umkleiden; denn dem Gesang folgte nun wieder die Gymnastik. Die doppelte und dreifache Sorge hat unzweifelhaft ihr Leben verkürzt; denn der Zahlungstermin rückte mit jeder Woche näher. Die drei Aufständischen hatten nun wohl schon die Klasse aufgewiegelt, indem sie ihr vom Blauen Engel erzählt hatten. Die Eltern der beiden Verlobten drängten sich zuerst ans Ufer; den liebenden Bräutigam hatte fast die Besinnung verlassen. Die Eltern waren überspannt genug gewe-

sen, ihrem Nachwuchs eine richtige kleine Geige mit
vier richtigen Geigensaiten zu schenken. Die Equipage
bog in die Mengstraße ein und die dicken Braunen
standen schnaubend und stampfend vorm Budden-
brookschen Hause. Die Erfrischungsbuden vernagelt,
das Kurhaus blind, der Seesteg ohne Fahnen, in der Ba-
deanstalt reihten sich zweihundertfünfzig leere Zellen.
Die Erhebung hier, nur von einzelnen Ebereschen und
einem verwilderten Birnbaume bestanden, hatte die
meiste und längste Sonne. Die Erinnerung an die voll-
endete Manier dieser nie formvergessenen Gesellschaft
wirkte stärker auf ihn als alle moralische Überlegung.
Die Erinnerung einer solchen Szene, wobei ich gegen-
wärtig war, fiel mit ganzer Gewalt bei diesen Worten
über mich. Die Erklärer sagen hiezu: Richtiges Auffas-
sen einer Sache und Mißverstehen der gleichen Sache
schließen einander nicht vollständig aus. Die ersten
Paare drehten sich im Inneren eines unregelmäßigen
Kreises von Sesseln und Stühlen, auf denen Zuschauer
saßen. Die Felgentreuschen Schwestern bestätigten
dies alles durch Schwenken ihrer Sonnenschirme, während Helene fortfuhr: Und nicht später als drei. Die Fische waren gierig hinter der Angel her, jeden Augenblick war der Köder weggefressen, aber nichts blieb
hängen. Die Folter war abgeschafft, obgleich ja die Untersuchungsrichter noch immer ihre Praktiken hätten,
den Angeklagten mürbe zu machen. Die Frau sah mich

groß an; aus dem Hintergrunde des schmalen, aber tiefen Zimmers ertönte ein stöhnender Laut. Die Frau schüttete ihm auf ein Stück Papier einen Teller voll Bröckelchen aus zerkrümelten Zwiebäcken und verbrannten Kuchenrändern. Die Gassen von Liechtenthal, eng und außerhalb der Haupt-Routen liegend, wurden von Automobilen oder lärmendem Schwerfuhrwerk kaum befahren. Die Gefahren aber, die das zur Folge haben könnte, hatte er erst durch die Bemerkung des Fabrikanten erkannt. Die Gemischtwarenhändlerin hat dem John sofort gesagt, die Joana hat sich umgebracht, hat sich aufgehängt, mir nicht sofort. Die Gesellschaft, welche auch immer, ist nicht mein Dienstherr, ich bin nicht ihr Priester oder auch nur Schulmeister. Die Gewaltige lag noch im Bett, Messalma, seine Frau, das Lustroß, wie man sie in den Bars nannte. Die gibt das Heulen nicht auf: Wat wolln wir bloß machen, Franz, ist so gar nicht ihre Art. Die Grenze zwischen Österreich und Rußland, im Nordosten der Monarchie, war um jene Zeit eines der merkwürdigsten Gebiete. Die griechische Arbeit war ziemlich lang und gar nicht leicht, das Aufsatzthema war heikel und konnte mißverstanden werden. Die gute Guste pflegte das Maßwerk, als wäre es für den heimkehrenden, dann alles ändernden Köster geschneidert worden. Die hab ick ihm gebracht, ich hab schon im Schauhaus nachgesehn, paß uff, Herbert, der is wat passiert.

Die haben anderes zu tun, als auf mich zu warten und die Tage zu zählen, bis ich wiederkomme. Die Hausgesetze lenkten die Aufmerksamkeit seiner Kameraden von der Tatsache ab, daß er ohne Familienanhang, ohne Heimat war. Die Herren setzten K. auf die Erde nieder, lehnten ihn an den Stein und betteten seinen Kopf obenauf. Die hohl schleifenden Geräusche eines Hinauswachsens und Überwachsens, als geleiteten in der Dunkelheit riesige vorauslangende Arme den Zug. Die honigblonde, ein wenig grauhäutige Kitty war nicht ohne Liebreiz und mochte etwa die Größe der Signora haben. Die hübsche Marusja stopfte ihr Taschentüchlein, das ein Apfelsinenparfüm ausströmte, in den Mund, um ihr Kichern zu ersticken. Die Jäger schlichen leise auf ihre Plätze, und ich stand einsam in der Dunkelheit, die immer mehr zunahm. Die Jugend Ottiliens, ihre Glücksumstände, das Verhältnis zur Familie berechtigten sie nicht, als Königin eines Tages zu erscheinen. Die jungen Leute, absolut müßig, übermäßig gesättigt mit Fleischspeisen und Süßigkeiten, und alle leicht fiebernd, plauderten, schäkerten, äugten. Die kalte Jahreszeit schien er nicht zu fürchten; oder mehr als diese noch die Gefährdung von Mimis Erbschaft. Die Kapelle spielte alle Jazz-Stücke, und zuweilen spielte sie den Hohenfriedberger Marsch oder den spanischen Walzer von Waldteufel. Die Kartoffelkörbe hatte er mittels eines kunstvollen Knotens, wie ihn die Pfadfinder zu schlagen wissen, dem Hauptseil angeknüpft. Die klügste setzte sich in eine Ecke, mit dem Rücken gegen das Fenster, und hielt die Ohren zu. Die Kommission, die die Vorgänge während und nach der Flucht untersucht, hat zwar nach außen noch nichts verlautet. Die Konsulin hatte die Brille abgenommen und stützte sich noch immer in halb stehender Haltung auf das Sofapolster. Die Konsulin ihrerseits beendete langsam und mit graziösen Bewegungen ihr Frühstück und lehnte sich dann ins Sofa zurück. Die Krankheit des Oheims verbot alle glänzenden Zirkel, und selbst den Besuchen meiner nächsten Umgebung wußte ich auszuweichen. Die Künstlerin Fröhlich hatte in der Zeitung gestanden, war im Lehrerzimmer besprochen worden, hing im Fenster bei Kellner. Die Künstlerin Fröhlich mußte zugeben, daß die Pielemann in der vorigen Saison das noch nicht fertig gebracht hätte. Die Künstlerin Fröhlich pointierte nur selten, und dann hörte sie nicht früher auf, als bis alles dahin war. Die Küstersfrau befehligte eine Schar von Putzfrauen, nach einem festen, im Haushalt des Mainzer Doms genau bestimmten Plan. Die Leute machen es sich woll nich klar, Herr Professer, wo sie hinlaufen, sagte er gedämpft und bedeutungsvoll. Die Leute wüßten gar nicht, in was sie sich einlassen, so er, wenn sie ihn zum Abendessen einladen. Die Mädchen glauben nämlich, sagte der Maler, daß ich Sie malen werde und daß Sie sich deshalb ausziehen. Die mollige Nutte knutscht ihren Knallprotzen alle fünf Minuten auf den Mund und schreit: Ideen hat der Mann. Die Mutter ist den Wenigen, welche sie näher gekannt haben, als ein gutes, feines, trauriges Wesen in Erinnerung. Die Nachrichten aus dem Kriege und die verschiedenen außerordentlichen Bestimmungen und Erlässe der Statthalterei kümmerten den Bezirkshauptmann wenig. Die Natur findet keinen Ausweg aus dem Labyrinthe der verworrenen und widersprechenden Kräfte, und der Mensch muß sterben. Die Nennung der Künstlerin Fröhlich bewirkte in ihm einen Stolz, den er zurückdrängte, indem er den Atem anhielt. Die neue Freundschaft verfehlte nicht, ruchbar und als eine bereits abgeschlossene oder wenigstens bevorstehende Verlobung angesehen zu werden. Die offizielle Welt bemühte sich noch immer, in hohlen Phrasen zu denken, in längst jedes Begriffes baren Schlagworten. Die politischen Ereignisse der nächsten Jahre gaben ihm recht: die Zeit der Fackelzüge und Aufmärsche vor Tribünen begann. Die polizeilichen Erhebungen, auf's nachlässigste, ganz oberflächlich und sozusagen nur der Form halber durchgeführt, wurden weiter nicht fortgesetzt. Die Radaune stampfte, Sandbänken geschickt, unterm Beistand wechselnder Lotsen ausweichend, gegen die lehmtrübe, nur eine Richtung kennende Flut. Die Rinderhalle, die Schweinehalle, die Schlachträume: Totengerichte für die Tiere, schwingende Beile, du kommst mir nicht lebend raus. Die Sache mit Mieze und dann das Irrenhaus, das war ihr zu viel, so gut sie ihm ist. Die Schale war schön, von einfacher, edler Gestalt, geformt von dem strengen Geschmack der Frühzeit des letzten Jahrhunderts. Die Schüler des alten Unrat behaupteten heute, er habe seine Wirtschafterin ins Kabuff gesperrt, und morgen etwas anderes. Die schulmäßige Einführung in diese neue Welt, fuhr der Stadtpfarrer fort, nimmt ihr natürlich manches von ihrem Zauber. Die Schweinerei passiert während seiner Abwesenheit, aber er kommt ein klein wenig zu früh, gerade recht, um mitzumachen. Die Schwester bediente das Telefon und sprach genau wie eine Schallplatte der Post: Bedauere, es ist nichts frei. Die Skulptur mußte ich besteigen, um von der Wolkenbank aus, die den Sockel ersetzte, Jesus instrumentieren zu können. Die Sonne brennt hier auf das Dachgerüst, und das heiße Holz macht die Luft so dumpf und schwer. Die Sonne leuchtete durchsichtiger, geklärter auf den Häusern gegenüber Melzers Zimmer, auf dem weißen Bewurf wie frisches Wasser. Die Sonne war schon hinterm Berg, dessen schwarzer Umriß mit haarfein gezeichneten Tannenspitzen den grünlichblauen, feuchtklaren Späthimmel durchschnitt. Die Stachelbeeren für die erste Befangenheits-Wolke, in welche die Tante gehüllt wurde, lieferte übrigens zeitgerecht das eigene Gärtchen. Die Stadt, durch die Räumigkeit des Parks gedämpft, hupte, rollte, pfiff und jaulte das ‚Tutti‘ nach dem ‚Solo‘. Die Stäuber waren keine Brandstifter, obgleich ich, ihr geistiger Rektor, vom Großvater Koljaiczek her brandstifterisch veranlagt sein mochte. Die Sterne waren von irdischen Händen in den nahen Himmel mit Stecknadeln gespießt wie Fähnchen in eine Landkarte. Die Stimme rief ununterbrochen: Gott und Satan, die Engel und die Menschen wollen dir helfen, du willst nicht. Die Strophe endete klagend: Im Takte deines Herzens schwankt mein Nachen, Mein Herze weint, und alle Sterne lachen. Die tägliche Fahrt zur Arbeit: ich bin nicht mehr Student und nicht mehr Schriftsteller, ich gehöre zur Mehrheit. Die Tante kam zurück und hatte inzwischen in Erfahrung gebracht, es gebe dies Jahr einhundertundachtzehn Kandidaten zum Landexamen. Die Tätigkeit der bootsförmigen Schaukeln aber sonderte das Auge erst bei genauerem Zusehen aus der nicht unbeträchtlichen Menschenmenge. Die Theaterstücke sind schon ausgesucht: ‚Krieg im Frieden‘, ‚Monsieur Herkules‘, ‚Jugendliebe‘ von Wildbrandt, vielleicht auch ‚Euphrosyne‘ von Gensichen. Die tiefste Güte verdunkelt ja obendrein ihr eigenes Licht um ein im Irrtum flackerndes Aug’ nicht zu blenden. Die Toten liegen auf dem Friedhof in ihren Gärten, der Wärter geht mit seinem Stock, sticht Papierfetzen auf. Die Tür ging nicht nur sehr plötzlich auf, sondern sie explodierte gleichsam, als hätte ein

Überdruck dahinter geherrscht. Die Tür schlug zu, es pfiff, die Wagen stießen aneinander, die kleine Lokomotive zog an, der Zug entglitt. Die Turmglocke des Klosters schlug zwölfe, ein blendendes Licht fiel aus den Fenstern der Kirche in meine Zelle. Die unvermeidliche Alte führte ihn in ihr kleines Dienstgemach und ließ ihn da stehen, um das Kunstwerkchen herbeizuholen. Die vertraute Stimme kam aus der veränderten Erscheinung des Doktors dem Leutnant entgegen wie ein guter, heimatlicher Gruß. Die Wahrheit, die ich auszudrücken versuche, die ich in diesem Augenblick erkenne, ist selten ein Freispruch für mich. Die warme Nacht lockt ins Freie; er schweift umher, er ist der unruhigste und der glücklichste aller Sterblichen. Die Weiber brachten ihm zeit seines Lebens Unglück und Glück, die Liebe bricht ihm jetzt auch das Genick. Die Wendeltreppe zum Badezimmer ist ja ganz spaßhaft, aber im Grunde ist das Ganze doch bloß eine Schachtel. Die Wirklichkeit ist anders, und oft ist es gut, daß es statt Licht und Schimmer ein Dunkel gibt. Die Wirtin bediente gerade ein paar Fuhrleute; zwischendurch gab sie dem Alten das Schnäpschen, das er bestellt hatte. Die Zeichenstunde war an der Reihe, und Hans Castorp bemerkte, daß er seinen Bleistift nicht bei sich hatte. Die Zuversicht, daß sich das umbauen und ausbauen läßt, übernehme ich, ebenso die zähen Verhandlungen um den Kaufpreis. Dies alles ließ Hans Castorp sich in ruhiger Duldsamkeit gefallen, mit einer Miene, als müsse es so sein. Dies frug der Richter plötzlich in polnischer Sprache, und zwar in echt polnischem Dialekt, jedoch ebenfalls ganz leichthin. Dies kommt, weil die Menschen in diesem Drama einander zum größeren Teile zufällig sind: Zufallsgefährten auf einer Flucht. Dies sollte ein stiller Gruß für sie sein und ihr später bezeugen, wie beständig ich an sie gedacht. Dies wiederholte er noch, als es schellte, verzweiflungsvoll halb an die Schüler und halb an den Direktor gewendet. Diese Abgeneigtheit, sich mir zu schmiegen, ja diese stolze Art, mir auszuweichen, erregt in mir die widrigsten Gefühle. Diese Benennung war erst seit einiger Zeit im Umlauf und fing einige Leute, welche vorher im Nebelhaften geschwebt. Diese enthalten allerdings sogar in der Mehrzahl wirkliche Freisprechungen, man kann sie glauben, nachweisbar sind sie aber nicht. Diese kleine schattenlos gegenwärtige Snobdame war ihm schwer erträglich, denn sie entstellte ihm die Wehmut des einst Gefühlten. Diese kümmern sich allerdings um die Gesellschaft im Advokatenzimmer nicht und haben auch nichts mit ihr zu tun. Diese Vorstellung, die letzte, die er hatte, bei schwindendem Bewußtsein, wirkte tief in Melzer hinein, wie ein Prägstempel. Diesen Rückgang hat natürlich nicht nur die Entziehung des Geldes verschuldet, sondern mehr noch die Entziehung meiner Arbeitskraft. Dieser alte Forsch stak, seiner frommen

Sprüche unbeschadet, voll von dunklen und sagenhaften Berichten über Gespenster und dergleichen. Dieser Antwort folgte bei der rechten Partei unten ein Gelächter, das so herzlich war, daß K. mitlachen mußte. Dieser schien mit der Art, wie sich sein künftiger Schwager, von ihm gewissermaßen vorgeführt, hier eingeführt hatte, zufrieden. Dieser steuerte also durch den Tanzsaal und das Speisezimmer in die Schank, deren Türe zum Hausflur offen stand. Dieser Vorfall mag jedoch zu einem Gespräch Anlaß gegeben haben, wovon wir die Spuren in Ottiliens Tagebuch finden. Dieser wollte tun, als ob er hierin keinen Spaß verstehe, und wünschte mit wichtigem Gesicht, nicht zu politisieren. Dieses kam mir sehr gelegen, und wir drehten uns im selben Augenblicke in den Kreisen eines Walzers dahin. Dieses Land ist glücklicherweise weit genug entfernt von allen modernen Ideen, die sie in ihren dreckigen Redaktionen aushecken. Dieses Land sah genauso aus wie bei ihm daheim, da man das Wasser von hier aus nicht sah. Dieses war das erste Haustor linker Hand, denn das ‚Elferhaus‘ hatte ja seinen Eingang von der breiten Straße. Dieses war nicht ohne weiteres möglich, bald kam's von rechts, bald kam's von links, auch blendete der Abendschein. Dieses wutzlige kleine Männchen, von dem er geträumt hatte, wie gierig es die Seiten unter den Fingern jagte. Diesmal waren es die rechten, die gezinkten, die ausgeheckten, die das Glück brachten, die listig immer wieder vertauschten. Doch da ich so selten an ein Buch komme, so muß es auch recht nach meinem Geschmack sein. Doch dachte ich nicht so leicht an eine Erfüllung meines Wunsches, als ein günstiger Stern dieselbe unverhofft darbrachte. Doch dann hatte sich erwiesen, daß in dieser selbigen Morgenstunde Schwester Sophie in New-Jersey an Herzentzündung gestorben war. Doch die Raguna hielt meine Hände, die ich ihr, um den Freund und Meister zu schonen, entziehen wollte. Doch draußen zogen sie beide die Hemden an, die man ihnen vorschrieb, und schrien Heil, wenn sie sollten. Doch hat Medardus das rote Zeichen eines Kreuzes an der linken Seite des Halses, und wenn dieser Mann… Doch ich vermag ja auch nun erst das düstre Geheimnis auszusprechen, das tief in meiner Brust verborgen lag. Doch mir selbst genügte nicht diese letzte Art der Buße, die nur in täglicher gewöhnlicher Geißelung bestehen sollte. Doch nein, in der hintersten Ecke saßen zwei Mädchen: Emilia und die kleine Amerikanerin mit den grünen Augen. Doch nicht genug: sie riß einen Streifen Papier genau dort ab, wo unter gepunkteter Linie stand: Hier reißen. Doch nicht so ernstlich krank, daß sie geradezu immer in Sanatorien und von ihrem Manne getrennt leben müßte. Doch nun, fistelte sie, wollen wir die Trommel im Klassenschrank verwahren, sie wird müde sein und schlafen wollen. Doch stand sie abgewendet und mit sich beschäftigt; sie nähte an ihren aufgerafften Rock ein Gewinde von Stoffblumen. Doch standen Falten zwischen seinen blonden Brauen, und sein Gesicht war peinlich verzerrt, während er der Nähterin antwortete. Doch weiter nach hinten hin, wo das Volk immer gröber und sommersprossiger wurde, waren die Bänke noch größer. Doch, flüsterte Fräulein Bürstner an K.s Ohr, seit gestern schläft hier ein Neffe von Frau Grubach, ein Hauptmann. Doktor Demant trat ganz nahe an den Leutnant: Was gibt es zwischen meiner Frau und Ihnen, Herr Leutnant. Dorothea hingegen kam und ließ sich bei mir nieder, indem sie mir ihren Blütenstrauß unter die Nase hielt. Dort sind auch solche Zuschauer, rief K. ganz laut dem Aufseher zu und zeigte mit dem Zeigefinger hinaus. Dort war ein Platz, wo man, an einen Weidenstamm gelehnt, bequemer und ungestörter fischen konnte als sonst irgendwo. Dort zieht eine Hügelzeile sich vor dem fernen Brande hin, dessen Glut sich manchmal zu wehenden Flammen sammelt. Draußen beim Leuchtturm, wo die Straße endet, ist das Restaurant noch nicht im Betrieb, nur die Toilette benutzbar. Draußen vor dem Fenster saß eine Krähe auf einem Ast, sonst war nichts als die weiße, riesige, Fläche. Draußen wollte Ertzum nicht mehr vom Fleck; er lehnte sich, schwer und stumpf, an das Haus seiner Enttäuschungen. Drei Glühbirnen der Zirkusplatzbeleuchtung mußten dran glauben, und Herr Bebra rief bravo, bravissimo und wollte Oskar sofort engagieren. Drei Minuten später hat man sich im Salon und im Wohnzimmer gruppiert, und die Süßigkeiten machen die Runde. Drei Tage später kam eine kleine gekritzelte Karte aus München, die Namen alle nur mit zwei Buchstaben angedeutet. Drinnen vorm Ladentisch stand im Gespräch mit der jungen Verkäuferin eine kleine, dicke, ältliche Dame in türkischem Umhang. Drüben, recht nah, auf einer Insel, standen drei niedrige weiße Häuser dicht beieinander, die sich im Wasser spiegelten. Du aber schäme dich ebenfalls, als ein leeres Schema in der Welt herumzulaufen wie ein Schatten ohne Körper. Du bist Josef K., sagte der Geistliche und erhob eine Hand auf der Brüstung in einer unbestimmten Bewegung. Du endest noch mal wie dein Vater jeendet is, stichelte sie dem schwer atmenden, aufstöhnenden Herbert ins Ohr. Du gehst ab, Franz, ziehst dir die Jacke an und kommst erst ruff, wenn du dir verpustet hast. Du gehst also jetzt zum Rittmeister und gibst ihm den Paß und den Brief, als ob nichts wäre. Du gehst umher und fühlst dich übel, sagte er und wandte sich mit krauser Nase an seinen Bruder. Du Genosse, du Rindvieh, da drehste für die Granaten, womit sie dir totschießen, das willst du mir predigen. Du glaubst gar nicht, Eva ist bei ihm, streichelt ihm den Rücken, wie das Mädel an dir hängt. Du gloobst, Kerl, die Politik is bloß hier in die Stube und ick mach sie dir vielleicht vor. Du hast irgendwo gelesen, daß das Endurteil in manchen Fällen unversehens komme, aus beliebigem Munde, zu beliebiger Zeit. Du hast ja damals ganz recht gehabt; es wäre wirklich das natürlichste gewesen, wenn der Kerl hinausgeflogen wäre. Du hast nicht soviel verloren wie Hiob aus Uz, Franz Biberkopf, es fährt auch langsam auf dich herab. Du mußt nicht immer dran denken, sagte die Frau, wenn man immer dran denkt, kann man verrückt werden. Du nennst das, je nachdem dir der Sinn steht, Raketensteigenlassen oder Komödie, mitunter auch Intrige, und immer Koketterie. Du sagtest dir, das ist der Regen, und das sind Motorengeräusche; derlei Monotonie kann man jeden Text unterschieben. Du warst das letztemal oben im Dezember 32, am zweiten Weihnachtstag, du hast unsere ganzen Zimtsterne damals aufgegessen. Du wirst wohl niemals angenommen haben, hoffe ich, daß ich irgendeinen Backfisch aus dem Kreise Möllendorpf-Langhals-Kistenmaker-Hagenström heimführen würde. Dumme Schwester, was heulst du, rief Hermogen, Mutter spricht alle Tage mit dem Teufel, er tut ihr nichts. Dumpf und dunkel streifte ihn das, von sehr nahe: es erinnerten sich sozusagen die Organe, nicht der Kopf. Durch alles dies vermehrte sich die Aufmerksamkeit Ottiliens auf jede Äußerung, jeden Wink, jede Handlung, jeden Schritt Charlottens. Durch ihre Reue, durch ihren Entschluß fühlte sie sich auch befreit von der

Last jenes Vergehens, jenes Mißgeschicks. Durch meinen Entschluß glaubte sie erst die Seele meines Vaters entsühnt und von der Qual ewiger Verdammnis errettet.

Eben das nun enthemmte René zugleich und ließ die Lage um keine Sekunde zu alt werden und erstarren. Edmund Pfühl dachte gering von aller Wohlgefälligkeit und sprach ohne Liebe von der schönen Melodie, das ist wahr. Eduard und Ottilie wagten nicht, bei diesen Worten einander anzusehen, ob sie gleich nahe gegen einander über standen. Edwin verachtete die Schauspieler, die Protagonisten und die Menge, von der sie lebten und mit der sie lebten. Effi hatte während dieser Nächte bis über Mitternacht hinaus am Fenster gesessen und sich nicht müde sehen können. Ei, rief der Graf, ich wette, daß das Elixier des Teufels weiter nichts ist als herrlicher echter Syrakuser. Ei, seit wann, rief das Pferd unwillig, kann denn ein Vehikel, so schön es ist, eine Nation sein. Eigentlich hab' ich ja einen Schreck gekriegt, und glaube mir, Marcell wäre besser gewesen, denn ihr paßt zusammen. Eigentlich, in der ersten Freude, als Mutter und Kind in Sicherheit waren, ist es bloß ein Scherz gewesen. Ein antiker Helm hätte diesem Haupte wohl angestanden, wie mehrere der Besucher meinten, die sich zum Abschiede einfanden. Ein Auto hielt auf der Straße; ein ganzer Schwärm von SS stieg durch den Garten in die Stube. Ein besseres Gleichnis übrigens ist es, daß uns der Fokus fehlt, aus dem die verschiedenen bunten Strahlen brachen. Ein brutaler Schlagetot von mindestens einem Meter und fünfundachtzig, mit langgeschlitzten feuchten Augen und dem Mund eines Negers. Ein flüchtiger Blick überzeugte mich, daß die Aufschrift an die Äbtissin, der Fürstin Schwester, von Aureliens Hand war. Ein Fremder, der sie in diesem Augenblick erblickt hätte, wäre imstande gewesen, sie für zwei Brüder zu halten. Ein furchtbarer Schmerz rührte sich im Hintergrunde, sie besänftigte ihn angstvoll, sie ließ ihn nicht empor und hervor. Ein Gedanke war in ihm aufgeblitzt, und er hatte ihn bedenkenlos ergriffen, gleichsam unter dem Patronate seiner Eltern. Ein großes Elendsgefühl überkam ihn; ihm war, als sei es ihm noch nie im Leben so schlecht ergangen. Ein Grunzen, ERZHERZOG-LIEBE EIN ERLEBNIS AUCH FÜR SIE, die Schweine hatten gesoffen, sie hatten gesoffen wie die Schweine. Ein halbes Geisterlicht waltet im Kiefernwalde der Dünenhöhe und läßt den bleichen Sand des Grundes wie Schnee erscheinen. Ein häßlicher Säuregeruch drang mir in die Nase, und bleiche Kinder arbeiteten innerhalb und lachten mit rohen Grimassen. Ein heftiger Schauder lief ihm über den Leib, als er mit scheuen Lippen den Mund des Mädchens berührte. Ein junges Mädchen kämmt einem langen blonden Mann die Haare am Tisch, er singt: O Sonnenburg, o Sonnenburg. Ein kühner Traum: jetzt und hier einen türkischen Kaffee zu trinken, zum Nachfrühstück sozusagen, und zu dieser ‚Nil‘. Ein Leben ohne Liebe, ohne die Nähe des Geliebten ist nur eine ‚comédie à tiroir‘, ein schlechtes Schubladenstück. Ein Mädchen, das wohl durch K.s lautes Sprechen herbeigerufen war, trat ein und fragte: Was wünscht der Herr. Ein Malachitberg enthielt sowohl eine Uhr wie eine Quelle für Tinte wie eine Kluft für Federn und Bleistifte. Ein Mann trat aus der Gruppe Menschen an der Haltestelle vor dem Turm, er ging zu Georg hinüber. Ein Nachmittag am Schlachtensee; wenn Du fröhlich bist, vergesse ich für eine Weile wieder Dein Unglück mit mir. Ein paar Dutzend Menschen gingen durch seinen Kopf, die wohl gerade ihr Handwerk ausübten, in einem Essen herumstocherten. Ein paar Pimpfe liefen herein, sie riefen: Lassen Sie uns mal rein, wir sind in Alarm, wir suchen. Ein Radau ist in der Münzstraße, eine Menschenmasse, drin hats geknallt, paß auf, jetzt kommt er, der wars. Ein Schiff liegt nicht fest ohne großen Anker, und ein Mensch kann nicht sein ohne viele andere Menschen. Ein Schiff schob sich mehr waldfrevelnd als seeräubernd aus jenem Wald, welcher der Waldoper den Namen gegeben hatte. Ein schmutziger Gesichtspunkt, erklärte Settembrini, und eine Auffassung, deren Albernheit zu bekämpfen er sich beinahe zu gut sei. Ein Sohn war glücklich zur Welt gekommen, und die Frauen versicherten sämtlich, es sei der ganze leibhafte Vater. Ein Stern kann aber wieder verschwinden, während die unsterbliche Seele, die jetzt Ihren Namen trägt, nie mehr vergeht. Ein Taxi rollte dort vorne gegen die Stadt zu, sehr gemächlich, demnach wohl leer, eine altmodische geschlossene Limousine. Ein Vorhang ist nicht zu ziehen, nicht nötig in dieser vergitterten Zweifensterwohnung mit Blick auf eine nahe Mauer. Ein weißlackiertes Metallbett mit Messingknöpfen, ein Gitter leichtester Art hätte ich ihr gewünscht, nicht dieses plumpe lieblose Möbel. Ein Wunder mußte ihn und mich retten, denn ich starb, sowie Leonard durch die Hand des Henkers fiel. Eine Art Scham, so als ob zwischen ihm und Beineberg wirklich etwas vorgefallen wäre, versetzte ihn in Unruhe. Eine Bedingung der Erscheinungswelt, eine Bewegung, verkoppelt und vermengt dem Dasein der Körper im Raum und ihrer Bewegung. Eine Dame hielt an, sie streckte gütig lächelnd die Hand einem jungen Mann entgegen, der zu Fuß herbeikam. Eine Depression, die sich jetzt über Spanien entwickelt, wird jedoch am Sonntag in den Ablauf unseres Wetters eingreifen. Eine fremde große Katze war in die Kammer gesperrt, hatte sich bisher ruhig verhalten und wurde nun scheu. Eine lange Reihe schöner, freier Sommertage lag beruhigend und verlockend vor ihm, Tage zum Verbummeln, Verbaden, Verangeln, Verträumen. Eine leise Neugierde stieg auf, wie es nun wohl kommen werde, da er gegen seinen Willen festgehalten sei. Eine merkwürdig bescheidene Frau, sagte Korinna zu Krola, der seinerseits mit einfacher Zahlennennung antwortete, leise hinzusetzend, aber Taler. Eine Panik bemächtigte sich der Menge, des Gewimmels aus Spaziergängern und Mördern, dieses Haufens von Jägern und Verfolgten. Eine Saaltochter in Schwarz und Weiß fragte Hans Castorp, was er zu trinken wünsche: Kakao, Kaffee oder Tee. Eine solche war Thea im höchsten Grad, und die Rosen im Gärtchen hatten sich sogleich auf sie bezogen. Eine wunderbare Heiterkeit hat meine ganze Seele eingenommen, gleich den süßen Frühlingsmorgen, die ich mit ganzem Herzen genieße. Eine Zeitlang gehen wir mit Menschen in eine Richtung, dann wachen wir auf und kehren ihnen den Rücken. Eine Zeitlang zog er weiße Oberhemden mit schwarzer Krawatte zu dieser Mütze an oder eine Windjacke mit Armbinde. Einen Augenblick hierauf trat er heraus, nahm einen Brief von der Ordonnanz entgegen und kehrte ins Haus zurück. Einen Augenblick tauchte vor Hansens innerem Blick etwas wie Wiesengrün und Waldgebrause auf, und er sagte freudig zu. Einen Kugelschreiber, um meinen Namen richtig zu schreiben, haben wir im Augenblick beide nicht, nackt wie wir sind. Einer der Vettern machte Rudolf den Harras, und Anna konnte also sich im Schutze von zwei Verwandten befinden. Eines nach dem andern zog ich hervor, und alles dünkte mich schal und unnötig, wie eine bloße Liebhaberei. Eines Tages, es war Ende Mai, kehrte Herr von Trotta fünf Minuten nach acht von seinem Spaziergang heim. Eingefaßt in den Rahmen der Tür zum Nebenzimmer, zeigte sich das mild beleuchtete Bild der Schustersfamilie beim Abendbrot. Einige Empörer, des Stehens müde, hatten sich, die Füße im Rinnstein, auf den Bürgersteig gesetzt und aßen Butterbrot. Einige Zurückhaltung im Verkehr wird empfohlen, man kann nicht eine an der anderen anzünden, das geht über Manneskraft. Einmal blickte der Bezirkshauptmann auf und sagte: Wir wollen in Wien eine Salonhose bestellen, du hast nur zwei. Einmal im Jahr, am achtzehnten August, dem Geburtstag des Kaisers, fuhr er in Uniform in die nächste Garnisonstadt. Einmal, dachte sich Törleß, wird es schon wieder lebendig werden und dann vielleicht lebhafter und klarer als bisher. Einst kam er ganz unwirsch nach Hause und beklagte sich über eine Rede, welche der Minister Thiers gehalten. Elend sieht der Mensch aus, gelbblaß, die klaffenden Linien um den Mund, die schrecklichen Querfalten über die Stirn. Elli hätte viel lieber eine Tasse heißen Kaffee getrunken, aber sie wollte nicht ihrem Vater die Freude verderben. Elli sagte: So war das also heut nacht, und sie werden mich wieder holen, vielleicht wieder heut nacht. Emilia trug schwer an dem Entzücken der alten Humoristen, jede Last machte ihr rheumatische Beschwerden in der Schulter. Endlich bedeutete ihm der Vorsitzende, der Gerichtshof sei zur Genüge aufgeklärt über des Professors Verhältnis zu seinen Schülern. Endlich fand sich einer, der weder tot noch wahnsinnig war und es übernehmen wollte, die englischen Verse aufzusagen. Endlich sagte er: Ich kann dir nicht helfen; du selbst bist an allem schuld, was mit dir geschieht. Er aber, der Leutnant Trotta: Wer weiß, ob er nicht schon nächste Woche um diese Stunde im Süden. Er ahnte nicht, was Kieselack, Ertzum und Lohmann für Angst ausstanden; aber auch sie ahnten nichts von seiner. Er änderte also seinen Entschluß, wenn man das noch Entschluß nennen konnte, den äußersten unverrückbaren Zwang eines Augenblicks. Er antwortete auf keine Frage, er wollte nichts genießen, kaum schien er die Menschen um sich zu gewahren. Er arbeitete am Boden, lachte den Roten von hinten an: Haben wir unten gesessen und uns was erzählt. Er bat, die Herren möchten den Besuch wiederholen, und sie versprachen es bereitwillig, kamen aber nicht mehr dazu. Er begann in einem anderen Ton: Ihre Familie, Herr Mettenheimer, kenn ich jetzt schon an die zehn Jahre. Er belud sich aufs neue mit der teuren Last, er erblickte bald eine einsame Wohnung und erreichte sie. Er bemühte sich, mit diesen Worten vertraut zu werden, aber sie blieben ihm fremd wie die Worte revolutionär. Er berührte den Schalter im Vorzimmer nicht, durch die Glastüre der Frau Rechnungsrat Rak fiel genug heller Schein. Er betrachtete die gefangenen Fische, die in einer großen Gießkanne schwammen und nur hin und wieder leise plätscherten. Er bewegt zwar absichtlich den Kopf nicht, aber ich sehe es doch seinem Rücken an, daß er zuhört. Er bewohnte keines der alten, mit unsinniger Raumverschwendung gebauten Patrizierhäuser, um deren ungeheure Steindielen sich weißlackierte Galerien zogen. Er blieb auch jetzt ohne Grund hinter dem alten Gültscher stehen, der an der Wegregulierung seine Zwiebeln versetzte. Er blieb mit geschlossenen Augen stehen, mitten im Zimmer, das kleine goldne Ding am Kettchen in der Hand. Er brauchte einen, der still und lüstern zuhörte, wenn er seine revolutionären Reden über Schule und Leben hielt. Er dachte ,den nächsten Lauf wird er verlieren, wenn er den nächsten Lauf verliert werden sie ihn fressen'. Er dachte ,wäre ich nur zur alten Dirne gegangen', aber sein Geld reichte nicht mehr zur alten Dirne. Er dachte an den Nachmittag, an dem Carl Joseph mit den Briefen der toten Frau Slama gekommen war. Er dachte an die Zeit, da er das alles gebaut und geschnitzt und seine Freude daran gehabt hatte. Er dachte jetzt nicht an seine Frau und an seine Kinder, er dachte jetzt ausschließlich an sich selbst. Er empfand, als der einzige unter dreißig, Unrats öffentliche Lebensbeschreibung des von Ertzumschen Onkels als eine niedrige Handlung. Er entschied sich für das Jägerbataillon, das nicht weiter als zwei Meilen von der russischen Grenze stationiert war. Er erhob sich, ging zur Tür, bückte sich, hob seine Mütze auf und sah sich noch einmal um. Er erinnerte sich, daß er fast sein ganzes Leben traurig gewesen war, scheu, man konnte schon sagen: verbittert. Er erkannte Ibst, an seinen Flüchen, nicht an der Stimme, die war vor Wut ganz dünn, eine Weiberstimme. Er erschrak heftig, als eine kräftige Hand ihn an der Schulter faßte und eine freundliche Männerstimme ihn anredete. Er erzählte mir, daß er bei einer Witwe in Diensten sei und von ihr gar wohl gehalten werde. Er fällt der dunklen Macht in die Hände, die Tod heißt und die ihm als Aufenthaltsort passend erscheint. Er fällt nicht vom Roß wie der Reiter am Bodensee, sondern geht an die Arbeit; Korrespondenzen beruflicher Art. Er fing plötzlich zu brüllen an, selbstverständlich nicht gegen Bunsen, sondern gegen Zillich, der gerade Meldung erstattet hatte. Er folgte den beiden, Vater und Tochter, in einigem Abstand, als sie die Miquelstraße heruntergingen, Arm in Arm. Er folgte linkshin, in der Richtung gegen den Ort, einem Pfade, der eben lief und dann abwärts führte. Er fügte sich deshalb in die Umstände und kehrte mit diesen Aussichten und Hoffnungen wieder zur Vorsteherin zurück. Er fühlt jetzt, daß man den Kragen aufmachen müßte, wie er früher geglaubt hat, ihn hochschlagen zu müssen. Er fühlte sich zu sicher im Paradiese und antwortete einfach: Ich habe gestern wegen Kopfschmerzen nicht lernen können. Er fuhr mit der Hand im Bogen durch die Luft, ließ seine gelle

Stimme los: Wer ist jenner. Er führte die beiden andern Schüler zur Stadt zurück und brachte Kieselack bis in den Machtbereich seiner Großmutter. Er geht mit Pums in der Alten Schönhauser Straße zum Seitenflügel rauf, da ist sein Kontor, sagt Pums. Er ging die Schäfergasse entlang, an den parkenden Autos, er erblickte den blauen Opel, er verglich die Nummer. Er ging in dem großen Saale auf und ab, versuchte allerlei, und nichts vermochte seine Aufmerksamkeit zu fesseln. Er ging weg an seinen Schraubstock, den ersten bei der Türe, und Hans sah zu, wie er zurechtkam. Er ging zur Tür, sperrte sie auf und sagte dem Amtsdiener: Begleiten Sie den Herrn Professor zur Bahn. Er glaubte, der Priester sei gekommen, und seufzte tief und befreit, als käme schon zu ihm die Gnade. Er hat dafür gebürgt, daß er den Wagen jederzeit wieder finden werde, und sie scheint ihm zu vertrauen. Er hat den ganzen Tag über die gleiche Seite gelesen und beim Lesen den Finger die Zeilen entlanggeführt. Er hat nämlich eine verrückte Idee mit Basini vor und will sie durchaus ausführen, ehe wir anderes unternehmen. Er hat sein Halstuch lose über den Nacken gelegt, ein Bein vorgestellt, einen Arm in die Hüfte gestemmt. Er hat sich drüben das rote Gebäude angesehen, er hat recht, in ein paar Wochen sitzt er drin. Er hat später erzählt, er hätte auf Ihren Lippen auch das Zeichen seiner eigenen Verurteilung zu sehen geglaubt. Er hatte Bartkotelettes, die aussahen, als seien sie mit dem Pulver frisiert, mit dem man die Weihnachtsnüsse vergoldet. Er hatte bisher vor der ganzen Familie, ja vor sich selbst verborgen, daß dieses Kind sein liebstes war. Er hatte den ganzen Tag gewartet, daß der Doktor kam, erst abends, und dann hieß es: gleich weg. Er hatte eher die Vorstellung, als drohe ihm, der sein ganzes Leben gesund gewesen war, eine ansteckende Krankheit. Er hatte etwas Schokolade in der Tasche seiner Breeches und eine kleine Flasche mit Portwein in der Westentasche. Er hatte getan, was er konnte, und ist sogar zwei bis drei Tage nicht ins Wirtshaus gegangen, bewahre. Er hatte gewisse Entschlüsse des Vetters nicht sehr ernst genommen, solange dieser sich in lauten Ankündigungen ergangen hatte. Er hatte ihm, Georg, eine Adresse gegeben, wo er ihm Geld und Kleider auf alle Fälle lassen wollte. Er hatte meinen Verlust noch am Vorabend angezeigt, obgleich immer noch nicht feststand, daß ich sein Besitz war. Er hätte mit jedem beliebigen Nachbarn Namen und Wohnung vertauschen können, ohne daß irgend etwas anders geworden wäre. Er hatte Mitleid mit dem weißbärtigen Greis, der ihm immer näher kam, Tornister, Brotsäcke und Konserven neugierig betastend. Er hatte seinen Kopf auch voll anderer Dinge, die sich auf sein Amt und seine gesellschaftliche Stellung bezogen. Er hatte sich durch den Akt dieses Lebensretters, dessen Name ihm schon wieder entfallen war, an Solferino erinnert. Er hätte sie erst draußen auf dem Lande sehen dürfen, wo auch seine Eltern zur Zeit sich aufhielten. Er hielt das Bild an die Sofawand und verlangte Antwort, ob es da nicht bedeutend besser belichtet sei. Er hielt den Leuchter in der einen, den Umschlag in der anderen Hand, und seine beiden Hände zitterten. Er hielt Joachim lange im Gespräch mit der Diakonissin fest, die Ansprache und Austausch mit klammernder Dankbarkeit genoß. Er hörte schon die Schüsse, die noch nicht gefallen waren, und gleichzeitig die ersten trommelnden Takte des Radetzkymarsches. Er hörte sie schweigend an mit einer Spur von Lächeln, das ihr entging oder nicht entging im Laternenlicht. Er hüllt, man weiß es, das einsame Haus ein und scheint die beiden Männer noch einsamer zu machen. Er ist ihr im Auto nachgefahren, schon von Döbling an, wahrscheinlich, und dann uns, sagte Melzer zu Asta. Er ist verheiratet, er hat das schon manchmal gemerkt, aber jetzt muß es sein, das ist ja wunderschön. Er ist zu Wagen gekommen und, gestützt auf seinen Krückstock und den Arm Thomas Buddenbrooks, die Treppe heraufgestiegen. Er kam durch den Saal und sagte, als er ins Landschaftszimmer trat: Kinder, der Saal ist doch wunderhübsch. Er kam sich so gebrochen und elend vor, als müsse er nun eine Ewigkeit ruhen, schlafen, sich schämen. Er kannte alle Sonnenaufgänge, die feurigen und fröhlichen des Sommers und die umnebelten späten und trüben des Winters. Er kannte die Orte, wo solche umgingen, und schwankte immer zwischen Glauben und Unglauben an seine eigenen Geschichten. Er kehrte mit großer Anstrengung aus der Ohnmacht, in der er sich sichergefühlt hatte, in Röders Küche zurück. Er klopfte mir dann etwa sachte auf die Schulter und flüsterte mir ins Ohr: So recht, mein Sohn. Er klopfte mir wieder vertraulich auf die Achsel und lud mich ein, nicht so trübselig und einsilbig dreinzuschauen. Er kommt erst von Akademien, dünkt sich eben nicht weise, aber glaubt doch, er wisse mehr als andere. Er konnte kein Gespräch mit Kameraden führen, ohne grundlos zu verstummen oder zerstreut mehrmals den Gegenstand zu wechseln. Er konnte mit Carla in Paris leben, ohne daß sie mit jemand wegen ihres Lebens Differenzen kriegen würden. Er lächelte nicht, während er die Hand seiner Mutter hielt und ihr flüsternd Guten Tag und Willkommen sagte. Er lag dann ruhig und horchte zu Basini hinüber, dessen geschändeter Körper friedlich wie die aller anderen atmete. Er lauschte selber dem Klang und beglückwünschte sich im stillen, daß er sein Spiel so gut gespielt habe. Er lebte noch drei Jahre und starb gerade an dem Tage, wo das letzte Goldstück gewechselt werden mußte. Er legte die Arme auf den Tisch, bettete den Kopf in die Arme und begann, jämmerlich zu schluchzen. Er legte sein messingenes Brillengeschirr um das Haupt und entfaltete das ehrwürdige Schriftstück, dasselbe weit von sich abhaltend. Er lehnte wieder an dem Schreibpult, das seit dreißig Jahren seine rechte Schulter in die Höhe gedrängt hatte. Er ließ seinen Degen sinken, und mir, der ich eben wieder auszufallen im Begriffe war, wurde ein Halt. Er ließ sich also den Geschäftsführer Siemsen ans Telefon rufen und sagte ihm, daß er heute freihaben müßte. Er ließ sich mit einem schiefen Lächeln im Lehnstuhl auf dem Katheder nieder und blätterte in seinem Notizbuch. Er machte seinem dümmeren Selbst weis, daß er sich auf die Rosa Fröhlich niemals wirkliche Hoffnung angemaßt habe. Er machte sich deshalb auch lustig über solche Burschen wie Georg, die an nichts als an Fußball dachten. Er machte sich mit der neuen Erwerbung vertraut, durchmusterte ungestört den beigestellten Vortragsschatz, den Inhalt der schweren Alben. Er meinte achselzuckend, was Wirklichkeit sei, scheine nicht bis zur Unzweideutigkeit klargestellt und folglich auch nicht, was Betrug. Er mißachtete das Angebot des Herrn Gosch, er lachte darüber und schwor, daß man weit mehr bekommen werde. Er möchte bloß erzählen (nicht ohne alle Rücksicht auf die Menschen, die er beim Namen nennt): sein Leben. Er mußte an einer Station heraus, die Augustinerstraße hieß, er ging die Schienen entlang, tiefer in die Stadt. Er nahm nur das volle Schnapsglas, das neben dem Krug stand, und schüttete den Schnaps in das Bier. Er neigte sich, wie unter dem Gewichte ihrer Worte, und dabei blickte er lächelnd auf seine Knie nieder. Er ordnete seine Gendarmen rings um den wüsten Platz vor der Fabrik, auf dem die Versammlung stattfinden sollte. Er ordnete seine Zettel, sah seine Angaben durch, gruppierte, unterstrich, verband Notizen durch ein bestimmtes System von Linien. Er pflegte sich auch deswegen in solchem Falle immer so zu setzen, daß er niemand im Rücken hatte. Er raucht fleißig und verriet mir einst bei guter Laune: Tagtäglich rauch ich mich runde zwei Mark zusammen. Er sagte auch nichts; er sah vor sich nieder auf den Teppich der niederen Grashalme zwischen dem Kies. Er sah blasse Häuser links und rechts, in der Höhe darüber Bergrücken, Tannenspitzen, Nachtschwärze und große, ruhende Sterne. Er sah den goldenen Glanz, den die Prozession verströmte, und er hörte nicht den düstern Flügelschlag der Geier. Er sah die Haustür von außen, sah über den Damm, was soll der Mensch jetzt tun, was tun. Er sah ja aus wie ein Starost, wobei ich freilich bekennen muß, nie einen Starosten gesehen zu haben. Er sah jetzt, daß sie dunkelrote Haare hatte, die anmutig unter dem grauen flachen Hut ihre Schläfen umgaben. Er sah weit hinten den Taunus, wo er früher oft gewesen war, mal bei der Apfelernte mit jemand. Er sah zu Cilly herüber, die schon ganz weinerlich aussah: Wer weeß, Cillyken, wem eben was passiert ist. Er sah, daß der Rauch von den Tschibuks in einem schrägen, graden Strich quer über dem Bärenfelle hing. Er saß im Buchhaltungsbüro der Bank und war von Erwägungen ausgefüllt, ob er nun heiraten sollte oder nicht. Er saugte an seinem Papierspitz und blies einen Mund voll Rauch gegen den rundlich-honigsüßen, reifen Duft des Capstan. Er schaute auf und hinaus, an den gewaltig ausgedehnten vollen Laubkuppeln der Bäume vorbei, zu den Häusern hinüber. Er scheint mir richtig und infolgedessen ist es wichtig, daß ich, unfähig zu Notizen, den Satz auswendig lerne. Er schien jetzt gute Hoffnungen zu haben, bewegte sich freier und rückte auf den Knien hin und her. Er schlug seine Hand auf die Schulter Demants, wie um sie wieder in ihre natürliche Lage zu bringen. Er schob den Schlanken von der Kasse, zeigte ihm die Faust: Wennste willst, zahl ich dir jleich aus. Er schrieb mit wachsender Leichtigkeit und verstand nicht mehr, wie er sich vor dem Brief hatte fürchten können. Er schritt von der Insel auf den Platz hinaus und hob den Arm, da eben ein Gefährt anrollte. Er schüttete den wasserklaren Neunziggrädigen in drei kleine Gläschen, reichte zwei den Gästen und erhob selbst das dritte. Er schwankte zwischen Lachen und Weinen, als er hinzufügte: Du kannst nicht verlangen, daß ich euer Rotwelsch verstehe. Er schwitzte und kitzelte, wie immer, wenn er ganz bei der Sache war, seine Oberlippe mit der Zungenspitze. Er sehnte sich nach

Doktor Skowronnek, dem Mann, mit dem er seit einigen Monaten jeden Nachmittag Schach spielte. Er sei selber krank, und nicht leicht; aber ohne Affektation sei er eher geneigt, sich dessen zu schämen. Er selber nahm einen Stuhl, setzte sich ihr gegenüber und sagte: Was verschafft mir die Ehre, liebe Freundin. Er senkte den Kopf, wie um ein schamhaftes Geständnis abzulegen, und sagte: Ich muß auf einer Teilzahlung bestehen. Er senkte eine Flasche, die ihm in der Hand zitterte, und aus der nur noch ein Rest floß. Er soll, sagt sie und tippelt neben ihm die Straße lang, er soll ihr den Franz abgetrieben haben. Er sollte über die Unsterblichkeit sprechen, über die Ewigkeit des Geistes, die unvergängliche Seele des Abendlandes, und jetzt. Er sprach nur vor, ohne jede Ahnung, daß man nach ihm geschickt und um seinen Besuch gebeten habe. Er sprach ohne fremden Akzent, nur an der Genauigkeit seiner Lautbildung hätte man allenfalls den Ausländer erkennen können. Er sprach rasch, gelangweilt, so wie wenn man eine längst abgetane Sache der Form halber nochmals erledigen muß. Er sprach von einer Schule für Reserve-Offiziere, wo er im Jahre neunzehnhundertfünfzehn den René Stangeler kennen gelernt hatte. Er starrte Zillich an, der ihm mit einem schweren finsteren Blick erwiderte, voll Reue und Trauer und Schuldbewußtsein. Er steht am Ausgang der Untergrundbahn Potsdamer Platz, in der Friedrichstraße an der Passage, unter dem

Bahnhof Alexanderplatz. Er steigt vor der Post aus und schreibt mit fester Hand ein Telegramm an Carl Joseph: Wird erledigt. Er stülpte rasch den leeren Korb, in dem er Elli hatte verstauen wollen in den anderen leeren Korb. Er sucht Franzen auf, der sitzt viel auf seiner Bude, Franz soll ihm was verraten oder ihm beistehen. Er traf ihn im Labor, eine Zigarre in der einen Hand, in der anderen ein Reagenzglas mißfarbenen Inhalts. Er trat von einem Fuß auf den andern und streckte heimlich seine Glieder, aber es half nicht viel. Er triezt mir, er reizt mir noch immer, oh, das ist ein Verfluchter, ich hätt es nicht gesollt. Er trug eine große purpurne Thorarolle in den Armen, geziert von einer goldenen Krone, deren Glöckchen leise läutete. Er verachtete seinen Bruder so sehr, daß er ihm nicht gestattete, dort zu lieben, wo er selbst liebte. Er wanderte die Rosenthaler Straße am Warenhaus Tietz vorbei, nach, rechts bog er ein in die schmale Sophienstraße. Er wandte sein Angesicht dem Sohn zu und sagte: In meiner Jugend wär' ich auch gern Soldat geworden. Er war an Leib und Seele über sein Alter entwickelt und begann schon versuchsweise eigene Bahnen zu wandeln. Er war angeheitert, fächelte sich mit dem Taschentuch, das er bald in den Ärmel steckte, bald wieder hervorzog. Er war anzusehen wie ein mächtiger Heiliger, und alle, selbst die Äbtissin, schienen von wunderbarer scheuer Ehrfurcht durchdrungen. Er war auf einmal vollständig ruhig, keine Spur von Angst mehr, das ist das Ende, lebt alle wohl. Er war bis jetzt seine Kante abgelaufen unter einem Zwang, den er nicht mehr verstand, wie ein Nachtwandler. Er war breit und stattlich gewachsen und gut gekleidet und imponierte der Stube durch sein festes, tüchtiges Auftreten. Er war ein Bürschchen von sieben Jahren, das schon jetzt in beinahe lächerlicher Weise seinem Vater ähnlich war. Er war ein Österreicher, Diener und Beamter der Habsburger, und seine Heimat war die Kaiserliche Burg zu Wien. Er war ein paar Schritte von den Pferden abseits gegangen, wo der steinige Grund teilweise unter Haselgebüsch verschwand. Er war fort und verschollen, seine Gestalt und seine Flucht wurde allmählich zu Geschichte und schließlich zu Sage. Er war glücklicher als vordem in Kessin, weil ihm nicht entging, daß Effi sich unbefangener und heiterer gab. Er war in einen Hotelhof gestürzt, so daß die Zuschauer schließlich abziehen mußten, ohne etwas erlebt zu haben. Er war nicht sehr groß geworden; aber sein Schnurrbart, dunkler als Haar und Wimpern, begann kräftig zu wachsen. Er war ungekämmt und sah aus, als wäre er eben, durch ein Klingeln erschreckt, aus dem Bett gesprungen. Er war zur SA gegangen vor anderthalb Jahren, weil er mit Grausen an seine fünf Jahre Arbeitslosigkeit dachte. Er war's nicht wert, möchte man sagen, es war ihm nicht vergönnt, er wurde sozusagen nie reif dazu. Er weiß auf alle Fragen eine Antwort, Sie können ihn, wenn Sie einmal Lust dazu haben, daraufhin erproben. Er weiß nicht, was los ist mit Eva, es ist eine einzige Wut und Wildheit in ihnen beiden. Er wiederholte ihn, schnob durch die Nase, beugte sich vornüber, zitterte, schluchzte und konnte nicht an sich halten. Er will herrschen und würde dir es gerade so machen wie Basini, wenn die Gelegenheit zufällig dich träfe. Er wird in Verbrechen hineingerissen, er will nicht, er wehrt sich, es geht über ihn, er muß müssen. Er wollte fragen, auch um den Mann, wenn er jetzt mit der Pinzette anrückte, von seiner Hand abzulenken. Er wollte noch ein Vaterunser sagen, aber seine Lippen bewegten sich nur, ohne daß er einen Laut hervorbrachte. Er wollte sich vorstellen, daß eine Leni daherkäme vom anderen Ende der Straße, mit ihren langen fliegenden Schritten. Er wunderte sich, wie gut sie seine rasche Belehrung begriffen hatte, mit welcher Geschicklichkeit sie ihren Apfelkauf vortäuschte. Er würde ihn moralisch zerschneiden, um zu erfahren, worauf man sich bei solchen Unternehmungen gefaßt zu machen hat. Er wußte durch plötzliche Erleuchtung, Rosa Fröhlich sei die Barfußtänzerin, von der man jetzt so viel Aufhebens machte. Er wußte gar nichts zu sagen, klopfte dem Sohn fortwährend auf die Schulter, lachte und schüttelte den Kopf. Er wußte im Augenblick nicht, wie alt er sei, trotz heftiger, ja verzweifelter Anstrengungen, sich darauf zu besinnen. Er wußte nicht, der alte Herr von Trotta, daß ihm das Schicksal bitteren Kummer spann, dieweil er schlief. Er wußte, daß sich das Leben der Menschen verändert hatte, ihr Äußeres, ihr Umgang, die Formen ihres Kampfes. Er zieht sie herüber zu sich, kann sich nicht genugtun, sie anzusehen, zu drücken, das Mädel zu fühlen. Er zierte sich in der Astgabel, räkelte seinen langen Oberkörper: Nur Kochäpfel sind es, fürchten Sie bitte nichts. Er zog die Lippen von den Zähnen, so daß es einen Augenblick aussah, als ob sie einander anlachten. Er zögerte vor dem Haupteingang des Bräuhauses, am Morgen einem geschlossenen Schlund, aus dem es nach Erbrochenem dunstete. Er, Friedrich Grabow, war nicht derjenige, welcher die Lebensgewohnheiten aller dieser braven, wohlhabenden und behaglichen Kaufmannsfamilien umstürzen würde. Er, Hans, ging allein, da seine Eigenschaft als Unparteiischer ihm nicht gestattete, sich einer der beiden Parteien anzuschließen. Er, ohne sich zu entschuldigen, ganz bei der Sache: Sie kennen wohl viele junge Leute aus hiesiger Stadt. Erfuhr Thomas es nicht gern, daß sein jüngerer Bruder weiter herumgekommen sei und mehr gesehen habe als er. Erika Weinschenk, nun einunddreißigjährig, war ebenfalls nicht die Frau, sich über den Abschied von ihrer Tante zu erregen. Erinnerst du dich, was sie mit dem Körber gemacht haben, von dem es hieß, daß er fliehen wollte. Erinnre mich der schrecklichen Nacht, da meine Kinder umkamen, da Arindal, der Mächtige, fiel, Daura, die Liebe, verging. Erlaßt mir die näheren Umstände meiner Geschichte, die das Gewebe von Ränken und Bosheiten einer rachsüchtigen Familie ist. Ernst, die eine Braue emporgezogen, maß er die Gestalt des kleinen Johann mit prüfendem, ja sogar kaltem Blick. Erschreckt stand ich da, ohne noch erraten zu können, was es sein möchte, das die Leute so erregte. Erschüttert nahm ich das unselige Sphäroid, das nicht zur Ruhe kommen konnte, in die Hand und fühlte Gewissensbisse. Erst als der Angeklagte das corpus delicti der Hundeschnauze entnahm, erkannte ich deutlich, um was es sich handelte. Erst in bedeutender Entfernung, wo der Weg sich abbog, blieb er einen Augenblick stehen und schaute behutsam zurück. Erst in jenen Wochen merkte Hans, daß er in den zwei letzten Lateinschuljahren keine Freunde mehr gehabt habe. Erst jetzt beginne ich zu verstehen, was Dante mit dem ‚Neuen Leben‘, der ‚Vita Nuova‘ eigentlich gemeint hat. Erst nach meiner Flucht, hier im Walde, durfte ich mich umkleiden, weil man mich sonst ereilt haben würde. Erst nach Mitternacht traf mich die Reihe wieder, die Totenwache zu versehen, welche wir seltsamerweise nun einmal eingerichtet. Erst sagste: die macht det so, macht ne Spritztour mit eenem, und nachher ist det nich ihre Art. Erst spät nachmittags war Innstetten wieder in seiner Wohnung, in der er ein paar Zeilen von Wüllersdorf vorfand. Erst zweiundeinehalbe Minute waren verstrichen, als er nach den Zeigern sah, schon besorgt, er könnte den Augenblick verpassen. Ertzum ließ sich wie einen Sack auf die unterste Stufe fallen und nahm den Kopf in die Hände. Ertzum möchte Ihnen, soviel an ihm liegt, alles zu Füßen breiten: seinen Namen, eine glänzende Zukunft, ein Vermögen. Es bedurfte doch immerhin einer Minute, bis ich begriff, was die Falltür zu unserem Lagerkeller von mir verlangte. Es befanden sich hier vier einfenstrige Zimmer, alle gelb getüncht, gerade wie der Saal und ebenfalls ganz leer. Es befanden sich keine weiteren Sitzgäste im Raume, und die Praktik überhaupt war durch René hier längst eingeführt. Es beruhigt mich außerordentlich, sagte sie, den eingeatmeten Rauch heraussprechend, zu hören, daß Sie kein leidenschaftlicher Mensch sind. Es bestand die Möglichkeit, ja sogar die Wahrscheinlichkeit, daß jener sich gleich wieder an den Flügel setzen würde. Es blieb den Rest des Abends hindurch fühlbar, es spannte ein wenig und sogar noch am nächsten Morgen. Es dürfte das Wörtchen seelenvoll allerdings nicht reichen, setzte ich es dem Blick meiner Mama als Eigenschaftswort davor. Es dürfte dieser Fall unter den Inhabern gutgehender Rechtsanwaltskanzleien zu Wien während jener Zeit beinahe einzig dastehend sein. Es fehlte nicht viel, so hätten sie ihn in dieselbe Anstalt gebracht, wo sein ehemaliger Freund Biberkopf saß. Es freut mich, fing er an, daß Ihr, mein ehrwürdiger Herr, nicht die Lust am Irdischen verloren habt. Es gab am Ende der Gasse, welche Mary von ihrem Fauteuil aus entlang blicken konnte, einen fixen Autostandplatz. Es gab da ein böses Land, und in dem bösen Land gab es einen bösen Riesen HITLER AGGRESSOR. Es gab Schläge, die Polizei, und zuletzt hat der alte Zannowich mit seinen Kindern lange Beine machen müssen. Es gebe aber doch etwas, entgegnete Hans Castorp, was man die christliche Reverenz vor dem Elend nennen könne. Es gehört auch dies zu deiner Art zu sein, deshalb ich so gern das Leben mit dir teile. Es gelang mir, innerhalb einer knappen Viertelstunde alle Fenster des Foyers und einen Teil der Türen zu entglasen. Es geschieht nichts, da sie nicht die Nase hat; nur kann ich hinter diesen Butzenscheiben gar nichts essen. Es gibt allerdings, sagte Römer, eine Richtung, deren Hauptgewicht auf der Erfindung, auf Kosten der unmittelbaren Wahrheit, beruht. Es gibt Menschen, die mit ihren Begegnungen, ich meine mit ihrem jeweiligen Erscheinen, stets das genaue Gegenteil treffen. Es gibt, glaub ich, in Deutschland viel dergleichen, und in einem Reisehandbuch muß es sich natürlich alles zusammenfinden. Es ging ihm gewissermaßen ein Knopf auf, wie man's ja auch zu nennen pflegt, für diese wenigen Augenblicke. Es ging nicht, daß sie irgendwo eine unbefristete Aufenthaltsbewilligung, die Arbeitserlaubnis oder für irgendein Land ein Dauervisum bekam. Es handelt sich um ein Ermittlungsverfahren gegen eine gewisse Person, eine gewisse Person in Sachen x gegen y. Es handelt sich um letzte, schwächliche Regungen des Restes von Selbsterhaltungsinstinkt, über den ein verurteiltes Weltsystem noch verfügt. Es handelte sich um die Waschfrau, die K. gleich bei ihrem Eintritt als eine wesentliche Störung erkannt hatte. Es hat jede Affär' ihren Hintergrund, ihr Milieu: die Kulissen stimmen unsagbar gut zu dem, was gespielt wird. Es hat Teddys Vater, ein höherer Beamter des Außenministeriums, die Freundschaft mit dem gescheiten Robert immer gerne gesehen. Es hatte ganz die rosige Gesichtsfarbe und die Augen des Herrn Grünlich; aber die Oberlippe war diejenige Tonys. Es hatten die Ertrunkenen alle gestreifte Badeanzüge an, die Retter trugen Schnurrbärte, Strohhüte schwammen auf tückisch gefährlichem Wasser. Es interessiert mich, daß Sie Vergnügungssucht nennen, was ich im Sinne habe, wenn ich Passion und Geist sage. Es ist ein ernstes Geschäft, und unsre Einladung ist ernsthaft; denn diese Feierlichkeit wird in der Tiefe begangen. Es ist gut, wiederholte er; aber nur die beiden ersten Wörter hatten Ton; das letzte war ein Flüstern. Es ist jetzt zehn, also nachtschlafende Zeit, und da schreibst du mir ein Billett und willst mich sprechen. Es ist keine Generaluntersuchung, aber Behrens klopft mich ein bißchen ab und läßt Krokowski ein paar Notizen machen. Es ist mir neu, daß du was auf der Seele hast, was keinen Aufschub bis morgen früh duldet. Es ist nicht nötig, daß das Richtige geglaubt wird, aber daß überhaupt geglaubt wird, darauf kommt es an. Es ist nichts geschehen, flüsterte sie, ich habe nur einen Teller gegen die Mauer geworfen, um Sie herauszuholen. Es ist zwar nicht meine Stunde, aber einen Schluck auf Ihr Wohl zu trinken bin ich immer bereit. Es ist, als hätte es schon längst Abend sein müssen, und es könnte immer noch nicht Abend werden. Es kam der mittlere Teil, mit umspringendem Rhythmus, die Stelle von Kampf und Gefahr, keck, fromm und französisch. Es kam die Geographiestunde und mit ihr das Extemporale, ein sehr wichtiges Extemporale über das Gebiet von Hessen-Nassau. Es kam ihm in den Sinn, daß die Munition, die man für die Freiheit brauchte, das Geld sei. Es kam vor, daß Herr Settembrini den Schüler direkt zur Rede stellte und so seine pädagogische Unruhe bekundete. Es käme doch wunderbar gelegen, dachte ich mir und fragte ihn beiläufig, wieviel Geld er denn noch besitze. Es kamen Männer über das Land geritten, sie saßen auf kleinen braunen Pferden, sie kamen von weit her. Es könne ihnen nicht gleichgültig sein, sagten sie, ob ihre Bildnisse heimlich und zu unbekanntem Zwecke angefertigt würden. Es könnte ihnen die Lippen streng zusammenziehen, daß sich in dieser Komödie anmutiger Humor mit tieferem Sinn vereinigt. Es könnte wohl sein, daß das innere Licht einmal aus uns herausträte, sodaß wir keines andern mehr bedürften. Es kostete sie viele Andeutungen, bis er sich wieder der Wohnung erinnerte, die er ihr hatte nehmen wollen. Es liegt Ihnen also gar nicht viel an ihr, sagte Leni, sie ist also gar nicht Ihre Geliebte. Es ließe sich sogar behaupten und nachweisen, daß von den Untertanenseelen die sogenannte Sittlichkeit strenge zu fordern sei. Es mutete an, als pilgerten sie einem Markt zu, auf dem ihre Erst- und Zweitgeburten feilgeboten werden sollten. Es ödet ihn an, was er schon beschrieben hat, die Geschichte mit dem fleischfarbenen Kleiderstoff in Venedig etc. Es plagt mich, versetzte jener; und doch kann ich es nicht hassen, denn es erinnert mich an Ottilien. Es rollten zwei Tränen, große, helle Kindertränen über ihre Wangen hinunter, deren Haut anfing, kleine Unebenheiten zu zeigen. Es rutschte bis zum Tischrande, lief ein Stück daran entlang und kehrte dann geradlinig ungefähr zur Mitte zurück. Es scheint doch, daß die geistige Möglichkeit, das Heil in der Ruhe zu finden, allgemeine menschliche Verbreitung besitzt. Es schellte gellend in diesem Augenblick, und sofort begannen die Schüler von allen Seiten zu den Eingängen zusammenzuströmen. Es schien, daß ihre Gedanken sie fesselten, daß sie weit abseits weilte und den Bankerott beinahe vergessen hatte. Es sei nichts mißlicher, als ein solches Kunstmonopol; außerdem dürfe man nicht vergessen, der Jugend gehöre die Welt. Es soll mir einer nachweisen, daß es wahr ist, blöde Lüge, dafür spricht schon allein das Wort ‚gerüchtweise‘. Es stellte den Amtsrat in ganzer Figur vor und zwar geradewegs auf den Beschauer zutretend und dabei sprechend. Es stellte nur neue Anforderungen an sein Herz und würde ihn während des ganzen Vortrags in Atem halten. Es surrt über den Platz vom Präsidium her, da nieten sie, da schmeißt eine Zementmaschine ihre Ladung um. Es tritt natürlich als Folge der Anklage nicht etwa eine deutliche, genau zu bestimmende Veränderung des Aussehens ein. Es war aber auch keine Erklärung nötig, denn gerade kam das Automobil, man setzte sich und fuhr los. Es war an dem, daß Etelka sich fast ausgebootet fühlte; jedoch aus einer Kategorie, wo's nicht wehe tat. Es war auch noch gar nicht herinnen, Frau Rak wollte durch ihr Mädchen in schönen Kannen auftragen lassen. Es war das Land Goethes, das Land Platens, das Land Winckelmanns, über diesen Platz war Stefan George gegangen. Es war das Salz und Brot, das der Familie von Verwandten und Freunden zum Wohnungswechsel übersandt worden war. Es war dort still geworden; nur Basini klagte leise vor sich hin, während er nach seinen Kleidern tastete. Es war dunkel im Zimmer, nur über dem Tisch war es etwas heller, obwohl Georg keine Lampe sah. Es war ein altes hohes Gebäude, mit vielen Räumen und von unten bis oben bewohnt wie ein Bienenkorb. Es war ein Kind aus einer unglücklichen ersten Ehe und mochte sonst schon ein Stein des Anstoßes sein. Es war ein langer Gang, von dem aus roh gezimmerte Türen zu den einzelnen Abteilungen des Dachbodens führten. Es war ein Pferd nicht eben hoch im Blute, doch trockenen Kopfs, gut gestellt und mit kräftiger Hinterhand. Es war eine Unterredung, der Asta hier zusah, durch ihr scharfes Aug' wie durch einen Operngucker, kein Geplauder. Es war eine Welt, so dunkel, so schäbig, so dreckig, so von Gott aufgegeben wie die Welt hier. Es war einfach ein Teil des Abhangs von der sogenannten Schottenpoint zu der alten Vorstadt Am Thury hinunter. Es war Ende Juli, als Hans Castorp in seiner Balkonloge diese Depesche durchflog, dann las und wieder las. Es war gewiß, daß er den Freund nie mehr wiedersehn würde, wie er Katharina nicht mehr gesehn hatte. Es war ihm, als müßte er jetzt etwas Besonderes tun aber weit und breit fand sich nichts Besonderes. Es war immerhin noch besser, so eine Art Schwiegersohn, als der andere, der Hermann, der Mann der Elisabeth. Es war inhaltlich nicht weit her mit der Arie, aber ihr flehender Gefühlsausdruck war im höchsten Grade rührend. Es war Josefs Tod, von dem gesprochen wurde; aber die Fama hatte aus dem Dienstmann einen Taxifahrer gemacht. Es war kein Abenteuer eines Cavaliers gewesen und doch war es objektiv ein solches und sogar ein mesquines. Es war noch drei Wochen vor den Ferien, als Hans in einer Nachmittagslektion vom Professor heftig gescholten wurde. Es war noch nicht seine gewohnte Schlafenszeit, sagte er sich, und dann hatte er wohl tagüber zuviel gelegen. Es war richtig: Demoralisation, Lethargie, Stumpfsinn hatten um sich gegriffen; die Gäste trieben Allotria wie eine unbeaufsichtigte Schulklasse. Es war schwarz, ließ sich ganz klein zusammendrücken, und fühlte sich merkwürdig warm an, warm wie ein Tier. Es war so hübsch in Berlin, über Erwarten; aber in all meiner Freude habe ich mich immer zurückgesehnt. Es war spät, man mußte sich geschickt durch die dichten Scharen der spazierfreudigen Bürger und ihrer Frauen winden. Es war unfaßlich, wie völlig erfolglos die arme Klothilde täglich so gute und reichliche Nahrung zu sich nahm. Es war, als gäbe es in der ganzen weiten, großen Welt keine Antwort auf die Frage Doktor Demants. Es war, als hätte eine geschwinde, zauberhafte Hand den Anstrich der Jugend aus dem Angesicht Carl Josephs weggewaschen. Es war, als stünde man knapp vor einer namenlosen Gefahr und als hätte sie einen zugleich bereits verschlungen. Es war, wenn man dem Vater nicht rechtzeitig berichtete, als versuchte man, auch dem Großvater etwas zu verheimlichen. Es wär' nicht nötig gewesen, sich dabei zu beeilen, niemand wandte sich um, weder Eulenfeld noch das Knall-Bonbon. Es ward ihnen zumute, als seien sie ausgestoßen aus der menschlichen Gesellschaft, hätten schon den bürgerlichen Tod erlitten. Es wäre auch zu traurig, wenn der Sinn für das Ideale verloren ginge, vor allem in der Jugend. Es waren da junge Exoten, portugiesische Südamerikaner, die jüdischer aussahen als er, und so kam dieser Begriff abhanden. Es waren Frauen von Offizieren, und die Nachthemden waren lange Gewänder aus rosa und schilfgrünem Crêpe de Chine. Es waren gerade sehr wichtige Kundschaften der Bank, die man eigentlich auf keinen Fall hätte warten lassen sollen. Es waren sechs oder sieben Personen gemischten Alters, die einen blutjung, ein paar schon etwas weiter an Jahren. Es waren wieder von den Worten, von denen sie behauptete, daß niemals jemand zu ihr solche gesagt habe. Es widersteht mir im höchsten Grade, Sie zu belügen, und ich suche nach einer Möglichkeit, das zu vermeiden. Es wird dir recht sein, wenn ich dir die Sache abnehme und morgen vormittag selbst mit Mutter spreche. Es wird nicht das erstemal gewesen sein, sagte er zu sich, als könne ihm das zur Beruhigung dienen. Es würden vielleicht, fuhr K. fort, auch noch andere Ihrer Beamten und vielleicht sogar alle das gleiche verdienen. Essen: ein Tribut, den er seinem Geschmack ebenso wie seiner Gesinnung zollte; diese nämlich nannte er eine spartanische. Etelka nützte ihre Wiener Tage, und alles fügte sich gut, die Regie funktionierte sozusagen wieder einmal ganz ausgezeichnet.

Etwas Abendlicht fiel noch herein, schräg und flach, als ziele es vor dem Erlöschen in die entferntesten Winkel. Etwas Ähnliches empfand Melzer während er noch immer vor dem Hause stand und der Wagen schon verschwunden war. Etwas muß sie doch auf den Gedanken gebracht haben, daß ich früher mit dem Heisler zu tun hatte. Eugenie, wo du doch schon am Backen bist, leih mir ein Spitzchen von einer Vanillestange, wenn du kannst. Euphemie lud mich ein, auf bekanntem Wege in ihr Zimmer zu schleichen, wenn alles im Schlosse ruhig geworden. Euphemie mochte mich erblicken; sie wandte sich schnell um, aber ich vernahm deutlich die Worte: Wir werden bemerkt. Eva jubiliert: Wat is bloß los, wat is bloß los, ick freu mir doch so, wie du aussiehst. Ezra sah noch einmal zu Heinz und dem Hund hinüber und dachte ‚ob er heut abend kommen wird.'

Fährt man durch, ist es ein bißchen anders, aber nur, wenn man Lust und Zeit hat, scharf hinzusehen. Fangen Sie den Anfang ab, gnädige Frau, mit einem saftigen Trinkgeld bei passender Gelegenheit, nur nicht zu auffallend. Fast schien es, daß Thomas sich unangenehm berührt fühlte, als Tony ihn mit bewegter Stimme darauf aufmerksam machte. Fast um eine Verpflichtung gegen mich selbst; wie soll ich dir nur diesen Unterschied zwischen uns klar machen. Ferner: Ist ein höchst lamentables Schreiben arriviret von Madame, welche in Wahrheit eine fürtreffliche und rechtgläubige Person ist. Franz begriff erst jetzt, daß sein zufälliges Angebot für Georg von unermeßlicher Bedeutung war, ein Wendepunkt seines Lebens. Franz Biberkopf hat den Hammerschlag erhalten, er weiß, daß er verloren ist, er weiß noch immer nicht, warum. Franz blieb der Schrei im Halse stecken, aber Georg sagte still: Meinethalben, Franz, brauchst du doch nicht auszuziehen. Franz denkt: Wenn ich nur immer so weiterradeln könnte, wenn diese Straße nur nie nach Höchst führen würde. Franz kriegt einen roten wütenden Kopf, denkt: nanu, sind da welche hinter mir her, und geht abends rüber. Franz legt sich über den Tisch, sieht Lüders von unten an: Was denkst du, Otto, was los ist. Franz schob sich den Hut zurück, sah dem Zeitungsmann ins Gesicht, platzte los, lachte, Linas Hand in seiner. Franz sieht sich das an, wartet: Na Mensch, es wird doch wohl noch Stühle hier geben im Lokal. Franz wartet, denkt, ich werd ihn schon reinlegen, der tut, als versteht er nichts, der spielt den Oberschlauen. Franz, was sagt man, du hast Mut, und wo hast du die Kraft her in dem einen Arm. Franz: Also, hier ist keen Brief vor mir, Rakker ist mein Name, hier ist kein Brief abgegeben worden. Frau Labschinsky gab dem Herrn Biberkopf zum Abschied ihre starke Pranke: Ich verlaß mich auf Sie, Herr Biberkopf. Fräulein, hat es gesagt, wenn es Euch gefällt, so nehmt dies Herz und macht es zu Euerem Nadelkissen. Frau Margret ließ sich erzählen und die bemalten Bogen nebst übrigen Trümmern zeigen und fand alles höchst bedenklich. Frau Slama stand vor ihm, hielt ihm Stück um Stück seiner Kleidung entgegen; er begann, sich hastig anzuziehen. Frau von Sandroch pflegte nach dem Spiel ein lilafarbenes Seidentuch mit langen Fransen um die Schultern zu nehmen. Frau von Taußig und der Major aus dem Spielsaal und überhaupt alle, alle machten sich über ihn lustig. Freilich bin ich auch nie eingepreßt; Brust und Lunge müssen immer frei sein und vor allem das Herz. Freilich diese Art zu fischen will verstanden sein, man muß geschickte Finger haben und aufpassen wie ein Spion. Freilich wußte sie, daß ihr trotzdem die Pastré stets unangenehm gewesen war, schon in der Schule, im Lyzeum. FRIEDENSKAISER STIFTET FÜR DEN HAAG, von Josef geschüttelt, er schüttelte mit seinem Altmännergang das Geriesel der großen Worte. Fritz Greiner, der Vetter Anton Greiners, zugleich hier oben sein Vorarbeiter, trat kurz neben ihn, trat zum nächsten. Führen Sie Ihr bisheriges Verhältnis zu diesen Leuten weiter, es scheint mir nämlich, daß es Ihnen unentbehrlich ist. Füllgrabe beugte sich über Georg und sagte: Wem nicht zu raten ist, Georg, dem ist nicht zu helfen. Fünfzig Jahre Mühe, Arbeit und Sorge lagen hinter ihm, und nun hatte er das Gesicht einer verfolgten Ratte. Für alle, die beim ersten Lesen Schmelz und Schimmer auf diesen Versen gespürt hatten, waren sie längst erblindet. Für den Fall irgendwelcher Alarm-Nachrichten war Kabel oder Funkspruch vereinbart, aber ansonst wünschte Editha ihre Ruhe zu haben. Für den morgigen Sonntag wurde Melzer von Asta auf die Villa eingeladen, um dort auch mittags zu bleiben. Für Heilner gab es nichts Abstraktes, nichts, was er sich nicht hätte vorstellen und mit Phantasiefarben bemalen können. Für solche Verhältnisse ist den Weibern ein besonderer Takt angeboren, und sie haben Ursache sowie Gelegenheit, ihn auszubilden. Für unsern Doktor will er uns einen Brief mitgeben und von Zeit zu Zeit selbst hinauskommen und nachsehen. Fürst Blücher war fort, die Franzosen waren in der Stadt, aber von der herrschenden Erregung merkte man wenig.

G

Ganz gleich für wen und vor wem eine Tribüne errichtet wird, in jedem Falle muß sie symmetrisch sein. Ganz glücklich aber fühlte sie sich, bei einem jeden dieser Tiere die Ähnlichkeit mit bekannten Menschen zu finden. Ganz verblüfft blickten wir Zurückbleibenden ihnen nach, bis sie verschwanden, und brachen dann in ein helles Gelächter aus. Gegen Morgen hatte er einen starken Fieberanfall gehabt, dessen Mattigkeitsfolgen sich nun mit den Nachwehen des Rausches verbanden. Gegen Sommersanfang erklärte der Oberamtsarzt nochmals, es handle sich um einen nervösen Schwächezustand, der hauptsächlich vom Wachsen herkomme. Gegenüber pinselte unser aller Sonntagsmaler von Tag zu Tag mehr tubenfrisch Saftgrün in die Bäume des Werstener Friedhofes. Geht schnell ins Haus hinüber, Küster, und laßt Euch von der Haushälterin eine Flasche Wein geben, hört Ihr. Genau das gleiche hast du, wenn einer als Rekrut einrücken und Soldat werden muß oder als Reserve-Leutnant herumlaufen. Genug, sie hat mich gebeten, sie zu besuchen, und ich denke demnächst von der Aufforderung Gebrauch zu machen. Georg begriff, daß dieser Mensch, der so alt wie er selbst sein mochte, ihn für viel älter hielt. Georg dachte: Wenn mich der Paul nun vergißt, wenn ich nun immer hierbleiben müßte an Stelle dieses Schwagers. Georg log rasch, weil ihm keine Zeit blieb nachzudenken, was besser sei, Wahrheit oder Lüge: Aus dem dritten. Georg, der noch immer an einem Tisch mit den beiden Kreß' saß, hatte zuerst bei diesen Versuchen mitgemacht. Georg, hätte gleich weitergehen können über die nächste Brücke in eines der Schifferquartiere und sich ein Zimmer mieten. Gerade deswegen, erwiderte ich, weil ich wohl fühle, daß ich an dir hange, muß ein Ende gemacht werden. Gerade die Linie kannte er; die Weiber habens im Beginn immer mit Unterhosen und zerrissene Strümpfe zu tun. Gerda Buddenbrook und der junge, eigenartige Offizier hatten einander, wie sich versteht, auf dem Gebiete der Musik gefunden. Gerda hatte ihre Schlaffrisur beendet und putzte ihre breiten, weißen Zähne, wobei sie sich ihres elfenbeinernen Handspiegels bediente. Geschichten von gefährlichen, kleinen, Männer mordenden, hübschen Frauen, oft wiederkehrend in den Gesprächen der Kameraden, fielen ihm ein. Geschützt vor dem Winde, der bislang um ihre Ohren gespielt hatte, empfanden sie plötzlich eine nachdenklich stimmende Stille. Gesessen wird er auch schon haben; kommt mal her, paßt auf, der denkt jetzt auch, ich hab gesessen. Gestern und heute war nichts im Radio, nichts von der Flucht, kein Steckbrief mehr, nichts von dem Georg. Gestiefelt und mit geledertem Gesäß, stocknüchtern sah ich ihn fortan auf der Treppe fünf Stufen auf einmal nehmen. Gibt außerdem kein Geld, bloß Marken, und die Miete bezahlen wir von hier, und die Wohnung stimmt doch. Gieshübler war es, durch den sie nach Paris kam, und Kotschukoff hat sie dann in die Trippelli transponiert. Gilgus öffnete die Schachtel und nahm das Auge sorgfältig heraus, um zu sehen, ob es nicht Schaden gelitten. Glaub' ich auch, sagte die Schmolke, während sie das Tablett auf den kleinen, am Kopfende stehenden Tisch setzte. Glauben Sie nicht, daß den das nicht schließlich auch langweilt, was Sie und der andere Kollege ihm vorbeten. Glaubst du denn, daß wir immer ein Siegel an uns herumtragen werden: Stammt aus dem Konvikte zu W. Gleich darauf eilte auch Lys durch die gleiche Türe fort, als ob er etwas Vergessenes zu sagen hätte. Gleich darauf überholte uns jener Straßenbahnwagen, der an der Weiche Magdeburger Straße auf die Gegenbahn hatte warten müssen. Gleichzeitig kollerte und polterte der Totenkopf die lange hölzerne Treppe herunter und schlug mir unsanft an die Fersen. Gott weiß, worin eigentlich die Pointe der Anekdote bestand; aber in seinem Munde war sie von ungeheurer Komik. Gott, ich verstehe dich nicht; ich weiß nicht, was du willst; ich kann dir nichts, gar nichts sagen. Gottholds Brauen wanderten wieder unter die Hutkrempe hinauf, und seine Augen richteten sich mit Anstrengung auf den Bruder. Grauermann folgte Teddy kurz mit dem Blick, während dieser gemächlich über die breiten Treppen in's erste Stockwerk hinaufstieg. Grauermanns Antlitz machte einen glatten und jugendlichen Eindruck über dem weinroten Kragen und dem dunkelgrünen Rock der Uniform. Green blieb wortkarg, nur dann und wann gab er auf komische Weise, die Opposition behauptend, etwas von sich. Greff, der Gemüsehändler, kam aus Tiegenhof, jedoch hatte Lina Greff, eine geborene Bartsch, ihren Mann in Praust kennengelernt. Grete hatte noch das Haus für den Sonntag verproviantiert und schickte sich an, ihre Eltern vom Bahnhof abzuholen. Große Tränen, durch Not und Angst erpreßt, rollten über ihre weißen Wangen, ohne daß sie dieselben aufhalten konnte. Grün ist ja wohl des Lebens goldner Baum, aber als Gesichtsfarbe ist grün doch nicht ganz das Richtige. Guter Freund, sagte der Rittmeister, hier wird eine Multiplikation vonnöten sein, mindestens mit vier, woll'n ma' mal sagen.

Hab' es übrigens nicht anders erwartet und seh' auch
darin wieder, daß du meiner leiblichen Schwester Sohn
bist. Habe mich doch reichlich getäuscht in Dich, dachte nicht, daß es eine solche Wendung mit Dir nehmen
würde. Haben die n altes Weib uffm Kieker, da haben
sie zugesehen, wie die Geld uff die Bank abholt. Haben
Sie Dank; wir wollen die Zweige gleich ins Wasser stellen, sie sollen uns das ganze Haus durchduften. Haben
Sie sich auch mal daheim verkracht, Herr Röder, daß
Sie sich bei uns hier wohler fühlen. Halb von der Tür
versteckt, halb im Schatten sah sie ein Zucken in dem
fremden Gesicht, offensichtlich Enttäuschung. Hans
Castorp aß sehr stark, obgleich sein Appetit sich nicht
als so lebhaft erwies, wie er geglaubt hatte. Hans Castorp
beeilte sich, Frau Chauchats Porträt ins Nebenzimmer
zu tragen und wieder an seinen Platz zu hängen. Hans
Castorp hatte keine Zeit, sich mit den Titeln zu be-
schäftigen, die Naphta Herrn Settembrini da wieder
verlieh. Hans Castorp spreche wahrhaftig in dem richtigen Tone von ihnen, nämlich in dem der Religiosität
und der Unterwürfigkeit. Hans Castorp warf sich auf
den Ellenbogen, zog mannhaft die Knie an, riß, stützte
und turnte sich empor. Hans Castorp werde es selbst
auf dem Diapositivbildchen nachprüfen können, das
ihm, wie gesagt, demnächst werde eingehändigt werden. Hans Castorps Woche lief hier von Dienstag bis
Dienstag, denn an einem Dienstag war er ja angekom-

men. Hans erkannte an der Figur, daß es Emma war, und vor banger Erwartung stand ihm das Herz still. Hans Giebenrath war an Hals und Füßen unbeschädigt geblieben, sah aber seit dem Unglückstage ernster und älter aus. Hans hatte keine gute Schreibfeder und verdarb zwei Bogen Papier, bis die griechische Arbeit ins reine geschrieben war. Hast doch einen Brief gehabt vom Minister mit der Adresse: An den Herrn Prinzen von Albanien, Hochwohlgeboren, Durchlaucht. Hat es nicht fast etwas Impertinentes, zu sagen: Ich komme auf drei Wochen hierher und reise dann wieder. Hat nichts auf sich, Väterchen, mach dir nichts draus, sondern trink, iß und sprich, wir kommen bald wieder. Hatte Clawdia nicht recht, sich vom Schreiben entbunden zu fühlen, kraft der Freiheit, welche die Krankheit ihr gab. Hätte denn er, der für sie ein Bündel amerikanischer Liebesbriefe verwahrt in diesem Haus, ihr Vertrauen mißbrauchen dürfen. Hatte er zu hoch eingesetzt, so verlegte er sich auf fistelnde Kopftöne, und auch diese erschienen ihm schön. Hätte ich nicht das Geld, so hätte ich vielleicht auch nicht geschrieben; es hätte ihn aber nicht verletzt. Hatte ihn nicht das Weibsstück damals wiedererkannt und ihn ein halbes Jahr nach der Stecherei ins Kittchen gebracht. Hätte sie dies nun so bewußt und in Worten gedacht, sie wäre wahrscheinlich aus vernünftigem Widerspruch doch gegangen. Hättest du ihnen nicht im entscheidenden

Moment den Rücken gekehrt, wärst du von ihnen vernichtet gewesen, dachte ich. Hechtschwänzchen und der Schiffer ließen sich an der Anlegestelle in Mainz absetzen, wo gestern der Tausch stattgefunden hatte. Herbert ging nicht zum Zoll, wollte nicht mehr kellnern, wollte nur noch auf dem Sofa liegen und grübeln. Hermann ist schon sehr nützlich im Geschäft und Moritz hat trotz seiner schwachen Brust die Schule glänzend absolviert. Hermann würde wahrscheinlich nicht erbaut sein, wenn er von diesem Zusammensein hörte, selbst wenn es glatt gegangen war. Hermogen hörte alles ruhig an, was der Baron darüber und zum Lobe Euphemiens mit dem größten Enthusiasmus sprach. Herr Dröge, der Krämer, der das Programm an sein Fenster hing, war vermutlich in den einschlägigen Dingen bewandert. Herr Modersohn zog mit zitternden Händen den Armstuhl herbei, und der Direktor setzte sich zur Seite des Katheders. Herr Naphta, sagte Hans Castorp nach einem Aufseufzen, mich interessiert jedes Wort von dem, was Sie da hervorheben. Heut wetzt er das Messer, es schneidet schon viel besser, bald wird er drein schneiden, wir müssens erleiden. Heute trat ich in ihre Stube, sie kam mir entgegen, und ich küßte ihre Hand mit tausend Freuden. Heute trug er, wie es Vorschrift im Dienst war, die Uniform, schwarz-grün mit violetten Aufschlägen, und den Degen. Hieneben verschwanden die Historiker Xenophon und Livius oder standen doch, als mindere Lichter, bescheiden und fast glanzlos beiseite. Hier hat sies mit Franz gemacht, jetzt kocht sie mir Kaffee, werde mal den Hut abnehmen, eiskalte Finger. Hier hatte sich seit dem Tode Oskar K.s (im Februar 1924, wie man sich vielleicht erinnert) nichts geändert. Hier innerhalb dieses engen, ausgegrabenen Raums erweisen Sie uns die Ehre, als Zeugen unseres geheimnisvollen Geschäftes zu erscheinen. Hier ist der Ort über Honneggers Musikalität und Geistes-Art, wie sie sich entwickelt hatten, ein Wort zu sagen. Hier lag die Vormittags-Sonne mit voller Kraft und hinter den Baumwipfeln stand hochauf das makellose Blau des Himmels. Hier mache sich eben der Nachteil einer Gerichtsorganisation geltend, die selbst in ihren Anfängen das geheime Gericht festsetzt. Hier tun Sie, als ob die Welt Sie kalt ließe, und hinterrücks bedichten Sie einen in dreckiger Weise. Hier war sie, die sich vollendende Niederlage, deren Kommen er schon bei der Abreise aus Belgrad gefühlt hatte. Hier will ich die Nacht zubringen, sagte ich zu mir selbst, und mich im Schatten dieses Tempels ausruhen. Hier, in der Nähe des letzten Sitzes, etwa halbwegs zur Nebentür, hatte auch der Musikschrein seinen Platz gefunden. Hierauf fing sie an zu plaudern und sagte: Weißt du eigentlich, wie es mit dem guten Kinde steht. Hierauf kreuzte sie die Arme und blickte in die lachenden Gesichter wie jemand, der seines Erfolges sicher ist. Hieraus hatte Hanno geschlossen, daß er es nicht wagen dürfe, gegen den Besuch am offenen Sarge etwas einzuwenden. Hierbei zog er absichtlich gar nicht in Berechnung, was er von Frau Grubach über Fräulein Bürstner erfahren hatte. Hierüber tröstete ihn der Stadtpfarrer, der in jüngern Jahren selber daran gelitten hatte, und somit war alles gut. Hinter den Hecken dehnten sich weite Flächen, von Distelblüten bewachsen, von den breiten, dunkelgrünen Gesichtern des Huflattichs überwacht. Hinter zwei Fenster hätte man sich in friedlichen Zeiten stellen können, hätte, den Heveliusplatz beobachtend, seinen Spaß gehabt. Höchst ungern weiß ich das liebe Kind in der Pension, wo sie sich in sehr drückenden Verhältnissen befindet. Honnegger sah, was sich vorzustellen er nie vermögend gewesen wäre (und das wurde ihm augenblicks deutlich): Pompejus weinte. Huh, hua, huh-uu-uh, der Sturm kommt wieder an, es ist Nacht, der Wald steht ruhig, Baum neben Baum. Hutstumpen hab' ich bekommen, früher als erwartet eigentlich, dafür war die Modistin plötzlich krank und das Geschäft geschlossen.

Ich aber hab mir gesagt: Niemand kann mir das wirklich nachweisen, daß der Georg wirklich bei mir war. Ich antwortete gar nichts, sondern sah ratlos vor mich hin; denn ich konnte mich beinah nicht entschließen aufzustehen. Ich befürchte daher nicht im mindesten die verdrießlichen Folgen, die dein Leichtsinn, deine ungezähmte Begierde hätte herbeiführen können. Ich begreife nicht, sagte Effi, daß ich schon seit vier Tagen keinen Brief habe; er schreibt sonst täglich. Ich bin all' die Jahre nur sehr selten in der Porzellangasse über mein Haus gegen den Bahnhof hinausgekommen. Ich bin auch dahinter gekommen, warum: dieser König von Polen hatte anscheinend das gleiche Lavendelwasser benutzt wie Sie. Ich bin auch noch da, und zwar dazu, die Sache so kavaliersmäßig und komfortabel wie möglich zu gestalten. Ich bin der Aufseher, dort auf dem Koffer sitzen zwei Wächter, bei den Photographien stehen drei junge Leute. Ich bitte dich, Asta, spätestens fünfundzwanzig Minuten nach vier Uhr an das obere Ende der Strudlhofstiege zu kommen. Ich bitte Sie sehr um Verzeihung, aber ich habe einen dringenden Geschäftsgang zu erledigen und muß sofort weggehen. Ich blickte angestrengt an Maria vorbei in Richtung Brösen, von wo her die Gegenbahn, langsam größer werdend, herankroch. Ich dachte, sagte sie, Sie würden von selbst zu mir herauskommen, ohne daß ich Sie erst rufen müßte. Ich danke dir, Wilhelm, für deinen herzlichen Anteil, für deinen wohlmeinenden Rat und bitte dich, ruhig zu sein. Ich ehre die Religion, das weißt du, ich fühle, daß sie manchem Ermatteten Stab, manchem Verschmachtenden Erquickung ist. Ich erfüllte seinen Wunsch, und sein Wahnsinn schien wirklich nachzulassen, da die Paroxysmen minder heftig und seltner wurden. Ich erinnere mich, gnädiges Fräulein, daß Sie mir das bereits verheißen haben, und ich sehe dem gern entgegen. Ich faßte den Vorsatz, mich zu mäßigen und zu bessern, verfiel aber von neuem in den alten Fehler. Ich finde es sogar gut und richtig, daß wir uns vorher ein bißchen sammeln, sozusagen in stillem Gebet. Ich fing wahrhaftig an, mir einzubilden, Sie seien abgereist, als ich Ihren Platz drunten im Refektorium leer sah. Ich fragte Agnes, was sie vornehmen wolle, ob sie nach Hause zu kehren oder noch zu bleiben wünsche. Ich freute mich, den Mann zu guter Stunde gefunden zu haben, und sah mich schon an der Arbeit. Ich fühlte mich in der Tat ordentlich beklemmt und fing an, dem Glückswandel nicht mehr recht zu trauen. Ich führte so ganz im geheimen eine genaue Übersicht und Schicksalsbestimmung aller mir bekannten Leute, jung und alt. Ich für meine Person sehe mich dadurch unbeeinflußt und stelle meinen Appetit überhaupt nur in Abhängigkeit vom Menü. Ich fürchtete mich vor Hermogen, weil er so finster vor sich hinblickte, so rauh sprach, und schwieg stille. Ich gedachte das Übel allein zu verwinden und mit geklärtem Schicksal, so oder anders, zur geeigneten Zeit zurückzukehren. Ich geh rum, ich tu ein bißchen, aber arbeiten tu ich nicht, ich laß andere für mich arbeiten. Ich gehe hin und suche den Tod, nicht als ein Rasender, sondern als einer, der zu leben hofft. Ich gehör ja dir, hab ick ihm gesagt, und dann hab ick weggemacht, und du sollst mir trösten. Ich ging nach rechts weg, aus einem plötzlichen Antrieb, vielleicht dem Wunsche folgend, ein wenig allein zu sein. Ich glaube, daß du das mit der Zeit schon verstehen wirst, wenn du erst länger hier oben bist. Ich glaube, der Geistliche freute sich, daß ich grüßte; er dankte sehr höflich und nahm seine Kappe ab. Ich glaube, wir haben wohl beide das gleiche gedacht, ich meine, wir haben uns an das gleiche erinnert. Ich hab bei Ihnen noch Licht gesehen, sagte er, wir haben ja alle einen ganz netten Tag gehabt. Ich hab' nur einmal so beiläufig gehört, daß es da noch eine Schwester gegeben haben soll, eine verstorbene. Ich hab', so sagte sie zu Paula, während dieser paar Schritte immerfort an den Herrn Melzer denken müssen. Ich habe das Geld, aber ich kann es Ihnen erst geben, wenn mein Vater den Hund gesehen hat. Ich habe davon so viel gehabt, daß ich froh bin, die Hände in den Schoß legen zu können. Ich habe dir nachgegeben und mich willig gezeigt, aber ich finde doch, daß du deinerseits teilnahmsvoller sein könntest. Ich habe gelesen und gedacht, was ich da lese: plötzlich dieses Gedächtnis der Haut: FRÜHLING, JA, DU BIST'S. Ich habe meine Frau an dem Tage kennen gelernt, an welchem der endgültige Bruch mit Stangeler erfolgt ist. Ich habe mich aber beizeiten aus dem Staube gemacht und bin seither immer in Italien und Frankreich gewesen. Ich habe mir die Namen aller Räte notiert, die noch mobil genug sind, um ein Haus zu machen. Ich habe mir die Sache hin und her überlegt und du weißt, daß ich darin ganz besonders denke. Ich habe mir in Kilb die Begräbniskrone aufgesetzt, sagte ich mir und das war widerwärtig, dachte ich jetzt. Ich habe mit Freude gesehn, wie Sie Ihre Sache gemacht haben und wie Sies den Frankfurtern gegeben haben. Ich habe nicht bereut, Schuld empfinde ich nicht; mit den Tatsachen, auch mit sich, muß man sich abfinden. Ich habe sie glücklich machen wollen, die Joana, sagte er mehrere Male, aber es ist mir nicht geglückt. Ich habe sie in diesem Monat schon zweimal in entlegenen Straßen und immer mit einem andern Herrn gesehen. Ich hatte Aurelien mehrere Tage nicht gesehen, sie war mit der Fürstin auf ein nahe gelegenes Lustschloß gegangen. Ich hatte die glänzenden Augen der Kleinen im Trödlerladen schon bemerkt, weil sie immer aufgeblickt, wenn man durchging. ‚Ich hätte doch zur alten Dirne gehen sollen‘ dachte Behude, aber nun war er schon beim alten Nazi. Ich hätte jetzt mühelos alle Gläser, Fensterscheiben und abermals den Glasdeckel vor dem Zifferblatt der Standuhr zerschreien können. Ich hatte vergessen, es Euch damals zu schreiben, erst jetzt, da Ihr mich fragt, erinnere ich mich daran. Ich hoffe bestimmt, Sie nächsten Mittwoch besuchen zu können, und bitte Sie, sich bis dahin noch zu gedulden. Ich hörte alles an, ohne den Fürsten, der sich in dieser Unterhaltung recht zu gefallen schien, zu unterbrechen. Ich hörte nicht auf zu klagen, aber Hermogen sprach dumpf in sich hinein: Der Teufel hat's ihr angetan. Ich hörte zu, gab Ratschläge, konnte sogar bei kleineren Streitigkeiten vermitteln, da ich die Sympathie der Oberschwester besaß. Ich jedoch wünsche mir eine Scheibe von Marias Schlaf, denn ich bin müde und habe kaum noch Worte. Ich kann es keinem sagen, Eva, du weißt es und Herbert und dann noch der Klempner, sonst keiner. Ich könnte Ihnen von dem Sohn und Ehemann erzählen, der elf Monate hier war, und den ich kannte. Ich lege ihm die Bestätigung vor, erkläre ihm, daß Sie unschuldig sind, und verbürge mich für Ihre Unschuld. Ich lief die Vorhaustreppe hinunter, als wäre ich zwanzig Jahre jünger, zwei, drei, ja vier Stufen aufeinmal nehmend. Ich meine, es reimt sich nicht, es paßt nicht zusammen, man ist nicht gewöhnt, es sich zusammen vorzustellen. Ich möchte mir oft die Brust zerreißen und das Gehirn einstoßen, daß man einander so wenig sein kann. Ich möchte weiter befürworten, daß der Magistrat von Frankfurt sich Zeit gelassen hat bis drei Tage vorm Termin. Ich möchte wissen, ob sie sich das mit den zwei Gängen gleich vorgenommen hat oder erst nachher ausgeknobelt. Ich nahm das zum Zeichen, hielt den Kopf seitlich weg, drückte und zog mit Buchenblättern unter den Daumen. Ich nehme an, daß das Logenzeremoniell eine recht kümmerliche Anpassung an den nüchternen Staatsbürgergeist der Zeiten erfahren hat. Ich öffnete einige Bände und las stehend Seite auf Seite, bis es eilf Uhr schlug und Mittag heranrückte. Ich persönlich bin drüber weg, und Jenny Treibel hat ein Talent, alles zu vergessen, was sie vergessen will. Ich sagte Ihnen ja, daß die Loge durch seinesgleichen von allen Elementen höheren Lebens wieder gereinigt worden ist. Ich sah Robert am Fußende des Bettes zusammenbrechen, zusammenrumpeln, als hätte man dort einen Sack mit Holzscheitern ausgeleert. Ich sah umher, ach, und die Zeit, da mein Herz so allein war, lebte wieder vor mir auf. Ich schaudre nicht, den kalten, schrecklichen Kelch zu fassen, aus dem ich den Taumel des Todes trinken soll. Ich schlich also trübselig aus der Kirche, und der wachsame Seilzieher machte sich daran, die Türen zu verschließen. Ich schlug ein bißchen auf mein Blech, machte es heiter, wollte die trüben Gedanken des Herrn Fajngold verscheuchen. Ich schlug jedoch verlegen die Augen nieder, als sie mich in meinem durchnäßten und beschmutzten Aufzuge aufmerksam betrachtete. Ich schob Geld und Papiere weg und stützte den Kopf wieder weinend auf den Tisch des fremden Mannes. Ich schreibe süße, zutrauliche Briefe in ihrem Namen an mich, ich antworte ihr und verwahre die Blätter zusammen. Ich schüttelte abermals den Kopf, da ich an die Monate dachte, welche ein solches Unterfangen noch kosten würde. Ich sehe den Balken, wo ich baumeln würde; es wäre leicht zu veranstalten von einem kleinen Fenster aus. Ich sehe den Jüngling den Todeskampf streiten mit der finstern Macht, die auf ihn eindringt mit furchtbarer Waffe. Ich sehe mein gegenwärtiges, mein zukünftiges Leben vor mir; nur zwischen Elend und Genuß habe ich zu wählen. Ich sehne mich nach einem Heim und nach jemandem, der Mitleid mit mir hat, wenn ich krank bin. Ich sitze hier ja nicht Jahre, sondern Jahren, hatte er gesagt; da muß ich doch einen Spiegel haben. Ich steige nicht aus, um nachzusehen, wie der Wagen jetzt über dem Abhang steht; ich schalte auf Rückwärtsgang. Ich strich mich sacht aus der vornehmen Gesellschaft, ging, setzte mich in ein Kabriolett und fuhr nach M. Ich suche eine Vertragsabschrift, sagte er, die sich, wie der Vertreter der Firma behauptet, bei Ihnen befinden soll. Ich suchte die nahen Leitungsdrähte zwischen Telegrafenmasten nach Schwalben ab, wollte Schwalben als Mittel gegen aufdringliche Hunde benutzen. Ich trieb Gläser auf, soviel ich konnte, von allen Formen und Größen, und richtete die Bildwerke darnach ein. Ich trieb mich vergnüglich herum und machte allerlei Gänge in die Landschaft hinein, bald mit anderen, bald allein. Ich verriegelte mein Zimmer, um eines zweiten Besuchs überhoben zu sein, und warf mich aufs neue ins Bette. Ich verstehe: Frau Haller, die schon ein Jahr lang meine Stimme kennt, wünscht den Hausgenossen einmal zu sehen. Ich war auch immer viel hier herüben, ohne daß ich im geringsten da etwas zu suchen gehabt hätte. Ich war vierzehn Tage sein Eskadrons-Chef, sagte Eulenfeld behaglich, und als Melzer verwundert dreinsah, erklärte er ihm das. Ich weiß bestimmt, daß er für Ihr Kind verloren war, eh dasselbe aus Kummer und Aufregung unwohl wurde. Ich werd mir doch um son junges Mädel kümmern können, die keine Erfahrung hat und hier in Berlin. Ich will ihn nicht etwa in Schutz nehmen, ich frage nur, was er zu Ihrer Beleidigung getan hat. Ich will mich weiter nicht aufhalten über die Form, in der Sie mit närrischer Hartnäckigkeit zu mir reden. Ich will nach der Schicht herüberradeln, sagte er sich, zwei Karten kaufen, vielleicht glückt mir, was ich vorhabe. Ich will nun suchen, auch sie ehstens zu sehn, oder vielmehr, wenn ich's recht bedenke, ich will's vermeiden. Ich witzle mich mit meinen Schmerzen herum; wenn ich mir's nachließe, es gäbe eine ganze Litanei von Antithesen. Ich wollte immer mit zwanzig Händen in die Welt hineinfahren und überdies zu einem nicht zu billigenden Zweck. Ich wollte mutig, ich wollte freudig sterben, wenn ich dir die Ruhe, die Wonne deines Lebens wiederschaffen könnte. Ich wurde besorgt für das arme Kind, welches immer heftiger weinte, und fühlte mich sehr niedergeschlagen und betreten. Ich würde vorschlagen, das betreffende Verbot vielleicht allgemein wieder in Erinnerung zu bringen und übrigens ein Auge zuzudrücken. Ich wußte es nicht, aber es interessiert mich schon längst, was es mit solchen Augen auf sich hat. Ich wußte gewiß, daß der bereit sei, sich zu verkaufen; ohne viel Aufhebens, wenn nur niemand darum wußte. Ich wußte schon, daß auf einem Schranke ein alter kleiner Rahmen lag, aus welchem das Bild lange verschwunden. Ich zeichnete mich durch meine große Aufmerksamkeit aus, wenn die wunderbarsten Dinge von der Welt zur Sprache kamen. Ick hätt mir ja ooch im Haus danach erkundigen können, ick dachte mir bloß, warum denn die Heimlichkeit. Ick kann det alles gar nicht hören, det is alles Bruch, und jetzt gehen wir ins Kino, Eva. Ick sag dir, die ist vom Kopf bis zur Hacke ein Herz, ein Herz for mir, das Mädel. Ihm schien es, als sänke er rascher und tiefer, er hätte nach seinem Gefühl bereits verschluckt sein müssen. Ihm war's lieber, er könne die Nacht auf dem rechten Ufer verbringen und morgen sofort aufs Schiff gehen. Ihn zwingen, mir die Ernte eines Jahres gegen den halben Preis abzutreten, damit ich einen Wucherprofit einstreichen kann. Ihr eigener Bub, damals ein kleiner Untergymnasiast, hätte sich nicht so hingestellt: jener aber näherte sich den Dreißig. Ihr glattes, starres, bei Tag eher stumpfblondes Haar glänzte jetzt stärker als das Licht, das es glänzen machte. Ihr habt die Uniform, die ist knapp und proper und hat einen steifen Kragen, das gibt euch bienséance. Ihr Kompaß hat Sie da hineingeführt, und Sie dürfen, ja Sie müssen glauben, daß er Sie hindurchführen werde. Ihr rechter Zeigefinger, der zuvor auf Jesus gedeutet hatte, wies ins Leere oder vielmehr ins dunkle linke Kirchenschiff. Ihr Vater hatte in Ischl gelegentlich geäußert, daß Melzer den Dienst quittieren müsse, wenn er sie heiraten wolle. Ihr Vater sah sie verwundert an, wie man ein schönes, kostbares Ding ansieht, das plötzlich einen Makel hat. Ihr Vater, der alte Schulmeister, kann dann an seinem Enkel erziehen, was er an seiner Tochter versäumt hat. Ihre dunklen, schweren Haare lagen wirr auf der Seide des Bettes [Schloß Kerkauen ist berühmt für seidene Betten]. Ihre Fräulein Tochter, gnädige Frau, sonst lebhaft und freimütig, war im Gefühl ihres heutigen Triumphs ausgelassen und übermütig. Ihre Hände waren erfüllt von etwas Fremdartigem und Unbesieglichem, das entfernt auch mit verhängten Zügeln konnte verglichen werden. Ihre hochtrabenden Worte beirrten mich nicht, und ich bildete mir gleich ein, daß man mich sehr nötig habe. Ihre Krankheit dauerte nicht lange; sie war ruhig, hingegeben, nur ihre Kinder taten ihr weh, besonders das kleine. Im allgemeinen verkehren sie nicht miteinander, sagte der Kaufmann, das wäre nicht möglich, es sind ja so viele. Im Bett, mit dem Kopf gegen die Fensterwand, unter einem weißen Berg von Tüchern und Kissen, lag Jacques. Im ersten Jahr hast du immer beim Schmieden das verdammte Draufschlagen, und so 'n Vorhammer ist kein Suppenlöffel. Im Koffer lag das Andenken des alten Jacques, die steinharte Wurzel, neben den Briefen der toten Frau Slama. Im November 1924 jauchzte die ganze rheinische Bevölkerung, als die Staatsbahn von der drückenden belgischen Besatzung befreit wurde. Im Speisesaal, an den sieben Tischen, beherrschte der Anbruch des Winters, der großen Jahreszeit dieser Gegenden, das Gespräch. Im übrigen ließen es sich die Felgentreus nicht nehmen, in der Adlerstraße vorzufahren und ihren Gast daselbst abzusetzen. Im übrigen scheint mir, daß Sie sich in der Angelegenheit mit der Stiegenbeleuchtung hausmeistertechnisch sehr richtig verhalten haben. Im übrigen, wenn ich an Immanuel etwas tadeln sollte, so läge es nach einer ganz andern Seite hin. Im Zimmer liegen noch drei andere Frauen, die manchmal, wenn man eintritt, wie Sterbende aussehen: mit offenem Mund. Immer noch ein bißchen illuminiert, lieber Ziemßen, können nicht gerade behaupten, daß Sie seit neulich solider geworden sind. Immer ruhig weiter sprechen, natürlich sind das Bullen, das sind die von der Rückerdiele, die haben uns gesehen. Immerhin fühlte Etelka sich jetzt näher der Möglichkeit, Robby endlich auf seine immer dringlicher werdenden Briefe zu antworten. In dem Gefühl, ihn wegen irgend etwas trösten zu müssen, bot sie ihm aus einer Schachtel Lakritzen an. In dem großen Hof unter hohen Häusern lag die Garage, die zu dem Fuhrunternehmen seiner Tante Katharina gehörte. In dem Maße aber, als dieser Abscheu wuchs, wurde auch der Antrieb stärker, zu Basini hinüber zu gehen. In den letzten drei Jahren hat er manchmal bei ihm angetippt, was der Kerl nie zu verstehen schien. In den letzten Jahren habe ich mir angewöhnt, eine Spanienreise zu machen, habe sozusagen Italien den Rücken gekehrt. In den Zigarettenrauch des Zimmers wehte der Geruch des feuchten Asphalts, aber auch Gründuft aus irgendwelchen nahen Gärten. In den zwei ersten Tagen und Nächten hatten wir uns gefragt, ob sie denn auch den Wallau erwischten. In der Josefstadt habe ich natürlich mit Sicherheit glauben dürfen, sagte sie, daß meine Handschuhe noch da sind. In der Mitte des kleinen Zimmers, dessen Tapeten dunkel geblümt waren, stand ein ziemlich umfangreicher, viereckiger, grünbezogener Tisch. In der Pause mieden die drei einander, aus Furcht, man könne ahnen, es verkette sie ein unheilvolles Geheimnis. In der Pause mochte Mimi endgültig erkannt haben, daß ihr nichts blieb, als gleichsam die leeren Handflächen vorzuzeigen. In der Stadt stieg er ab und trabte gewissenhaft durch die gewundenen Gäßchen und über die winzigen Plätze. In der Vorstellung Carl Josephs erwachte das Bild vom Großvater Demants, dem silberbärtigen König unter den jüdischen Schankwirten. In der Wildente habe er endlich spielen können, wie er immer spielen habe wollen, sagte der Burgschauspieler pathetisch. In die Füße, sagte einer der beiden Burschen, die hinter einem Reklameschild auf dem Dachrand des Nachbarhauses steckten. In diesem Augenblick trat Major Crampas an Effi heran und bat, sich nach ihrem Befinden erkundigen zu dürfen. In diesem Fall sträubte sein Verständnis sich beim ersten Augenschein gegen den Sinn der dort drinnen herrschenden Geschäftigkeit. In diesem Händedruck kündigte Herr Knopfmacher alles an, was an Kummer über den Tod des Doktors auszudrücken war. In diesem Hause allein ist er schon aus fünf Wohnungen, in die er sich eingeschlichen hat, hinausgeworfen worden. In diesem Herbst darf ich nicht trinken, nicht einmal Kaffee; so nüchtern habe ich uns die Ehe vorgeschlagen. In diesem Wald sind viele Bäume, viele Menschen gehen drin Arm in Arm, es gibt auch einsame Wege. In diesen beiden Räumen gab es eine Menge Drähte und auswechselbare Kontakte und auch häufig Reparaturen und Montagen. In einem Winkel seines Herzens erhob sich die Frage, wie lange er, Kreß, noch diesen Gast beherbergen müßte. In einer schnurgeraden Diagonale gehn sie durch das Lokal zur Tür, der Vater und hinter ihm der Sohn. In eisige Reinheit schien die Welt gebannt, ihre natürliche Unsauberkeit zugedeckt und erstarrt im Traum eines phantastischen Todeszaubers. In ihm stand die Gewißheit, seit Samstag, in einer stehend gewordenen, fast pappigen Weise, wie ein erstarrter Guß. In ihm war weder der Wunsch, Basini zu helfen, noch genügend Empörung, um ihn von sich zu stoßen. In ihren eingesunkenen braunen Augen lag ein Ausdruck von Angst und Vorwurf, wie ihn die Augen Ertrinkender haben. In meinen Augen ist sie die glänzendste Waffe der Vernunft gegen die Mächte der Finsternis und der Häßlichkeit. In reinen und wohlgeformten Worten jammerte er über die Kälte, die Nässe, unter der er so bitter litt. In seinem eigenen jungen Gesicht ging das vor, was immer dann vorging, wenn er wußte, was jetzt kam. In seinen ruhigen, blauen Augen hinter farblosen Wimpern lag kein besonderer Ausdruck, weder von Ernst noch von Lustigkeit. In seiner klugen Vorstellung ging Unrats absonderliche Entwicklung glatt von statten, und gewissermaßen entrückt, wie in einem Buch. In tiefer Stille und sacht lastender Schwüle lag er auf dem Rücken und blickte in das Dunkel empor. In vierzehn Tagen, lispelte und schrie der Alte abwechselnd, wird die Braut des Thronfolgers in unsere Residenz einziehen. Indes versicherte jedermann, sie habe mit viel Ausdruck gesungen, und sie konnte mit dem lauten Beifall zufrieden sein. Indessen griff die Sonne lautlos höher an den Bäumen hinauf, zeichnete den oder jenen Stamm schon rötlich aus. Innstetten war einverstanden und setzte sich, als bald danach beide Mädchen das Zimmer verlassen hatten, zu dem Kind. Innstetten, unbefangen und heiter, schien sich seines häuslichen Glücks zu freuen und beschäftigte sich viel mit dem Kinde. Inzwischen war die heiße Jahreszeit gekommen und seit dem Landexamen und den damaligen Sommerferien schon ein Jahr vergangen. Inzwischen wird Mama im Beichtstuhl sein und womöglich das sechste Gebot schon hinter sich haben, sorgte ich mich. Irgend jemand sprang vom Podium hinunter, so daß für K. ein Platz frei wurde, auf den er hinaufstieg. Irgendein ganz einfacher harmonischer Kunstgriff ward durch gewichtige und verzögernde Akzentuierung zu einer geheimnisvollen und preziösen Bedeutung erhoben. Irgendwann mußte das schließlich einmal herauskommen, daß zwei verschiedene Häuser hier an einer Stelle gemeinsame Sache gemacht hatten. Ist ja eine höchst dankenswerte Einrichtung, dieses Hamburg; stellt uns immer ein nettes Kontingent mit seiner feuchtfröhlichen Meteorologie. Ist nicht unser jetziges Beisammensein das kühnste Wagstück, das, im höheren Geiste gedacht, der Ohnmacht konventioneller Beschränktheit spottet.

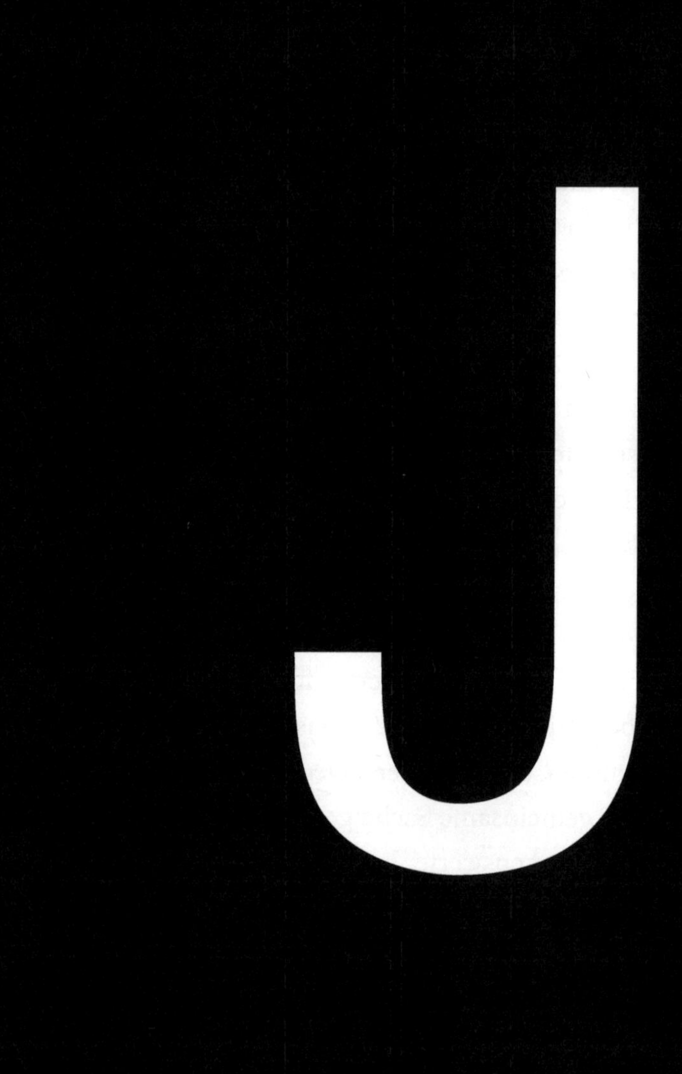

Ja nicht mehr über eine der großen Brücken aufs andere Ufer gehen, sondern hier in der Stadt übernachten. Ja, also die Einhörner, oder die Einhörndln, wie Sie so herzig sagen, die hat's aller Wahrscheinlichkeit nach gegeben. Ja, auch das Gemüt kam besser auf seine Rechnung bei dem neuen Verfahren, das menschliche Bedürfnis nach Dauer. Ja, bei uns geht alles am Schnürchen, sagte der Bursche mit der seitlich gedrehten Nase, alles wie geschmiert. Ja, das denkst du, und daß du jetzt ganz allein bist, und daß wir dich einen Dreck angehn. Ja, das ist gut, lallte der Auersberger jetzt, daß wieder neue Namen auftreten und neue Stücke gespielt werden. Ja, das sagst du als Militär, und ich gebe zu, beim Militär versteht man sich auf diese Dinge. Ja, der Liegesack, sagte Hans Castorp, der ist wohl ein Zubehör. Ja, diese Geschichte von Franz Biberkopf, von seinem schweren, wahren und aufhellenden Dasein ist nun so weit vorgeschritten. Ja, eben dieser rauschartige Zustand der Aktion war es, der ihm allgemach zu dem weitaus erträglichsten geworden war. Ja, es war eine Untersuchungskommission hier, fügte K. hinzu, da ihn das Fräulein mit einem fragenden Blick ansah. Ja, etwas Brüderliches klang aus dem Regimentsarzt, aus dem Herzen Doktor Demants schlug das Brüderliche wie ein Feuerchen. Ja, für heut ist genug geschwätzt, sonst ist der Paul nämlich nicht so mobil, der ist sonst schlagkaputt. Ja, gleich der erste Satz des Briefes lautete: Ich trage mich mit dem Gedanken, die Armee zu verlassen. Ja, grad so ein Spänchen wie dich, dachte Frau Marnet, die ihren Mann überhaupt nie hatte leiden können. Ja, ich nenne dich so wieder, denn überstanden hast du die Prüfungen, die über dich Unglücklichen, Bedauernswürdigen ergingen. Ja, ich werde also allerseits grüßen, erwiderte Hans Castorp, und sagen, daß du spätestens in fünf Monaten nachkommst. Ja, Innstetten, wohl dem, der aus allem, was das Leben uns bringen kann, heil herauskommt; Sie hat's getroffen. Ja, liebe Lotte, ich will alles besorgen und bestellen; geben Sie mir nur mehr Aufträge, nur recht oft. Ja, Lohmanns Schritt ward stramm, als er sich an die Tür zum Nebenzimmer begab, um daran zu rütteln. Ja, meine Freunde, Pommern und Brandenburg, damit zwingen wir's und zertreten dem Drachen der Revolution das giftige Haupt. Ja, meine gnädigste Frau, Gott sieht ins Herz, aber ein Major vom Landwehrbezirkskommando, der sieht in gar nichts. Ja, sagte der Maler, aber er ist kein hoher Richter und ist niemals auf einem solchen Thronsessel gesessen. Ja, sagte Vogelsang, ein erbärmlicher Gassenhauer, darin ganz der frivole Geist spukte, der die Lyrik jener Tage beherrschte. Ja, so geht es zu, so sind die Menschen und ihr Leben, so sind wir selbst, wir Narren. Ja, Tony, so werden damals die auch gedacht haben, die das Haus verlassen mußten, als Großvater es kaufte. Ja, unter anderem darauf, sagte Hans Castorp;

denn wirklich waren es verschlungene Motive, aus denen sein Wunsch erwuchs. Ja, viele biegen auch seitlich um, von Süden nach Osten, von Süden nach Westen, von Norden nach Osten. Jacques hob den Kopf und lauschte nicht ohne Stolz der siegreichen Stimme seines Kanarienvogels, die alle andern übertönte. Jacques verschwand und trat nach einer Weile wieder mit weißen Handschuhen ein, die ihn völlig zu verändern schienen. Jan Bronski und Kobyella lagen hinter Sandsäcken, die die unteren Drittel der bis zum Fußboden reichenden Fenster füllten. Jan griff ihm in die Hose zwischen die Altmännerbeine, hatte den Griff voll und nickte dem Kobyella zu. Jan und ich, wir fanden uns mit sieben oder acht Verwundeten in einem abgeschlossenen, allen Kampflärm dämpfenden Raum. Jawohl; sein Haar stieg noch als Wirbel in die Höhe und fiel als Locke auf die Stirn zurück. Jeden Abend gaben sie dort dieselbe Oper und jeden Abend hörte er jedes Wort und jeden Ton herüber. Jeder Schwindel muß in optimaler Annäherung an den Rand des noch Möglichen vollzogen werden, immer in äußerster Randnähe. Jedoch, das Telephon vermied Melzer unbedingt: es hätte seinen indiskutablen Zustand mit Einwand, mit Fragen, mit Gegenrede konfrontiert. Jedoch, daß der genannte Apparat nicht selbsttätig ist, sondern von anderswoher Strom braucht, war mir vordem nicht bekannt. Jener Rechtsgreuel könne schon darum nicht auf die Vernunft zurückgeführt werden, weil sein Urgrund der Höllenglaube gewesen sei. Jener Stuttgarter Examensgenosse schien trotz seinem raffinierten Göppinger Latein nicht bestanden zu haben, wenigstens sah Hans ihn nirgends. Jenes Haus, in dessen dritter Etage Zeidler eine Dreizimmerwohnung bewohnte, stand in bröckelndem Putz hinter einer staubigen Kastanie. Jenny nickte stumm und sah nun erst, daß Helene noch im Morgenkleide und ihr Scheitel noch eingeflochten war. Jesu-Bronski sofort vergessen, sammelte mich, sooft Mama Hochwürden Wiehnke beichtete, andächtig und den Turner beobachtend vor dem Hochaltar. Jetzt aber sitzt er auf seinem Sofa, hat ein nasses Kopftuch um, weint, und sie muß ihn bedienen. Jetzt aber verfing sie sich in ihr eigenes Reden wie Wilhelm Buschs Rabe Hans Huckebein in den Wollknäuel. Jetzt biste in Buch und spielst den wilden Mann und mir gehts gut, wer is nu ein Ochse. Jetzt erkenne ich sie schon, sagte K., hier ist die Binde um die Augen und hier die Waage. Jetzt gab er sich keine Mühe, die Vogelarten zu unterscheiden oder die Sträucher an ihren Knospen zu erkennen. Jetzt haben Sie Franzen, jetzt schmeiß ick mir hin, jetzt bin ich soweit, na, prost Mahlzeit denn, prosteken. Jetzt hieß es freilich, etwas zurücklegen und die Schiffahrt mit Kraft durch Freude auf das nächste Jahr verschieben. Jetzt ist zehn nach neun, Herr Pilz, haben Sie wirklich moniert, wir brauchen den Wagen um neun Uhr.

Jetzt kam er überhaupt erst mit beiden Füßen auf den Vorsprung, der einem an dieser Stelle Halt gab. Jetzt kannst' ihn auf keinen Fall mehr zurückgeben und danach fragen wird der Herr Melzer bestimmt nicht mehr. Jetzt kannste nach Australien fahren, hat mir einer erzählt, so weit, wie du kuckst, siehst du kein Schaf. Jetzt legten sich ihnen wieder die Dinge, so wie sie waren, aufs Herz in ihrer unwiderruflichen, unerträglichen Schwere. Jetzt paß mal uff, wie wirs machen, det is das reine Theater, aber det du dir nicht muckst. Jetzt passierte Frau Aldinger, eine schwarzgekleidete Bäuerin, hager wie ein Stecken, die zwei Posten am Ausgang des Dorfes. Jetzt saß sie, den Oberkörper in den Hüften verrenkt, ein lebloses Wesen, Modell aus Wachs und seidener Wäsche. Jetzt setz ich dir in der ersten besten Kneipe ab, Emil, ich muß nach Hause, meine Braut wartet. Jetzt war es auch wieder wie im Traum, ein paar Stellen waren geblieben, ein paar waren ganz verändert. Jetzt, am Abend des zweiten Tages, wußte Frau Wallau, daß die Flucht aus dem Lager selbst gelungen war. Joachim war in sich gekehrt unterwegs, und Hans Castorp ächzte vor Schnupfen und räusperte sich aus rostiger Brust. Johanna brachte das Frühstückstablett, auf dem neben der Kreuzzeitung und der Norddeutschen Allgemeinen auch noch zwei Briefe lagen. Jott ja, lachte Franz, er schickt mir von Zeit zu Zeit Lebensmittel und Kleidungsstücke, was er zuviel hat.

K. aber ging ganz nahe hinter Leni, beugte sich über ihre Schulter und fragte: Wer ist der Mann. K. dachte nicht weiter darüber nach, sondern verfolgte nur die unmittelbare Wirkung, die für ihn sehr erfreulich war. K. lächelte und sagte: Eben gibt hier neben mir der Herr Untersuchungsrichter jemandem von Ihnen ein geheimes Zeichen. K. nickte, fuhr aber gleich auf, als ihn der Auskunftgeber wieder fragte: Wollen Sie sich nicht hier niedersetzen. K. suchte angestrengt mit den Blicken in das Dunkel eines Hofwinkels einzudringen, in dem einige Handkarren ineinandergefahren waren. Kapturak, die Mütze in der Hand, stand hart an der Tür; er ragte nur wenig über die Klinke. Karl, du weeßt doch, wir schlagen dir jeden einzelnen Knochen kaputt, wir lassen dir bei lebendigem Leib verhungern. Kaufen Sie sich solchen Schlips bei Tietz oder Wertheim oder, wenn Sie bei Juden nicht kaufen wollen, woanders. Kaum hatte ich eine kurze Zeit geschlafen, so wurde ich geweckt, weil die Stunde der Abreise da war. Kaum, daß sie sich Zeit ließ, Atem zu schöpfen, so brausten und brodelten schon wieder neue Worte hervor. Kehre zurück in unser Kloster, Leonardus, die Brüder werden dich, den verloren Geglaubten, mit Liebe und Freudigkeit aufnehmen. Kein Zurück in die Vernunft; die Vernünftigkeit verletzt mich, sie erniedrigt mich, sie entfesselt auch noch den Zorn. Keiner hielt seine Verachtung geheim, weil er fürchtete, für sich oder einen der Seinen einen Vorteil zu verscherzen. Keiner will Besonderes dazu tun, und doch gehen die Wellen immer höher, bis sie über allen Köpfen zusammenschlagen. Kiepert trollte sich gutmütig, indes er vermutete: Sie is woll von Butter, daß die Gerüche in sie einziehn. Kiepert, der sich weniger klar darüber war, ward mit seinem Unbehagen fertig dadurch, daß er allen geräuschvoll zutrank. Kieselack dort hinten lachte und fiel dabei mit dem Oberkörper nach vorn, so sehr erschütterte ihn seine Heiterkeit. Kindereien kann übrigens jeder die Angelegenheiten eines anderen nennen, einfach deshalb, weil sie ihm selbst nicht wichtig sind. Klein Vetter hatte sich längst entfernt, und ich suchte allein meinen Heimweg, das rote Tüchelchen in der Tasche. Kleinköpfige Amerikaner, das Haar glatt angeklebt, die Shagpfeife im Munde, trugen Pelze, deren Rauhseite nach außen gekehrt war. Kleinlaut antwortete ich: Ich heiße Heinrich Lee und bin eine von den Meerkatzen; man hat mich hier eingeschlossen. Klepp brachte eine Jazzplatte mit zweimal King Oliver, Vittlar reichte geziert tuend ein am rosa Band hängendes Schokoladenherz. Kohlenklau und Putte, die sich während des Aufstieges schon nicht grün gewesen waren, gerieten auf dem Sprungbrett aneinander. Können Sie ein Weib länger halten als ein paar Monate oder paar Wochen, wenn nischt an die ist. Konnte sie wohl hoffen, daß ihr Mann sie ganz im rechten Lichte sehen, ganz ohne Vorurteil aufnehmen würde. Korinna dankte ihm, daß er sie gleich mit ernenne, vorläufig indes sei sie mehr für Haus- und Kinderstube. Korinna, wie sich denken läßt, gefiel sich in Mißbilligung dieser Vertraulichkeit und sagte vor sich hin: Dumme Dinger. Kreß starrte ihn an, an die Wand gelehnt: kein Zweifel, der Gast war da, die Einladung unwiderruflich angenommen. Krokowski angehend, so war nicht einmal sicher, ob dieser spirituelle Kopf überhaupt sehr fest in der Wundbehandlung sei. Krokowski saß im Hellen, am Kamin des einen Konversationszimmers, gleich bei der offenen Schiebetür, und las eine Zeitung. Kuckt, er hat einen falschen Arm, er gibt die Partie noch nicht verloren, er möchte nicht erkannt sein.

Langsam, ich glaube, seufzend erhob ich mich von meinem Betpolster und ging direkt auf die übriggebliebene Jungfrau zu. Längst hatte er Heimweh nach dem Wachtmeister der kärglichen, ärarischen Armut, dem faserigen Knaster und dem selbstgebrannten Rakija. Lasch war neben ihr am herabgelassenen Gangfenster gestanden und beim nächsten Fenster blickte mit unbewegter Miene Scheichsbeutel heraus. Laß doch das Radio, zärtliche Vorschläge: Ich könnt' mir die Augen impfen lassen und wieder zu Tränen kommen. Lasse man den Augenblick vorübergehen, und man wird sich glücklich preisen, daß ein so lange Bestandenes noch besteht. Läßt sich Karl beim Vernehmungsrichter melden, und noch im Präsidium sagt er: Reinhold war dabei, ist vorher ausgekniffen. Lauter als an den andern Feiertagen der Juden scholl ihr Gesang aus den Häusern, in denen sie beteten. Lehne, solange es noch Zeit ist, den guten Rat nicht ab, nicht die Hülfe, die ich uns biete. Leicht war mir der Entschluß, dem elenden Leben, das schon längst mich zu Boden gedrückt hatte, zu entfliehen. Leider nicht, denn er ist eingesperrt, weil er etwas Schlechtes verübt hat, als ich ihm nichts mehr gab. Leopold soll Hildegard oder eigentlich Hildegard soll Leopold heiraten; denn Leopold ist bloß passiv und hat zu gehorchen. Lieber noch verdächtige Herr Naphta die Kunst, ehe er zugebe, daß sie auch den Verworfensten zum Menschen weihe. Liebes

Fräulein, falls Sie der Blumensträuße und des Sektes nicht entraten mögen, sollen Sie sie von mir bekommen. Liesel fing bei dieser Erinnerung neu zu weinen an, und die Kinder kauten und tunkten verschreckt und beleidigt. Lina, die Zofe der Frau von Stangeler, bildete seit jeher einen Gegenstand der Verehrung von Seiten Paula Schachls. Links hinter den Birken brach die Halde kahl und steil ab, baumlos, eine Schafweide, bis in's Tal hinunter. Lohmann schwieg und wartete gespannt darauf, daß der andere ihm ins Gesicht sage, er liebe Frau Dora Breetpoot. Lohmann vermochte den Haß des armen Alten beim besten Willen nicht anders zu erwidern als mit matter Geringschätzung. Lohmann zuckte die Achseln und blieb am Fuß der Treppe stehn neben Ertzum, der mit offenem Mund hinaufstarrte. Lorenzen brachte einige Offiziere mit, die den Wein für ihre Messe bei ihm kauften; darunter Leutnant von Gierschke.

M

Machen wir es wie er, oder machten Hans Castorp und Clawdia Chauchat es so bei ihrem russischen Kuß. Macht nichts, macht nichts, antwortete er und sah ihr, den Kopf vom Handkusse wieder erhebend, in die Augen. Mama, Jan und Matzerath hatten ihre Mäntel noch nicht abgelegt, da begann schon der Streit um das Karfreitagessen. Man ereiferte sich durchaus nicht; man nannte Herrn Kaßbaums Tat eine Dummheit, lachte kurz und zuckte die Achseln. Man fand an ihnen eine bequeme Dressur, und sie verrichteten ihr Geschäft nicht ohne eine Art von Manöver. Man fuhr uns an Goldkrug vorbei durch den Wald, über die nahe polnische Grenze nach Bissau-Abbau zum Leichenschmaus. Man ging auf den Zehen umher, man flüsterte ernst, und die Wagen durften nicht über die Diele rollen. Man hat Sie mit einer andern Person verwechselt, woran Ihre ganz unglaubliche Ähnlichkeit mit dieser Person schuld ist. Man hatte die Mittagspause verlängern müssen; die Erbsensuppe mit Speck in den großen Kübeln hatte eine Haut bekommen. Man hatte ihm atemlos gemeldet, kraß Anormales liege vor, es sei eine Allwissende aufgetreten, eine Jungfrau mit Stimmen. Man hatte zeither die Mädchen des Dorfes im Nähen, Stricken, Spinnen und andern weiblichen Arbeiten zu ermuntern gesucht. Man hörte aus den anderen Räumen die Frauen lachen und die Musik und die schleifenden Schritte der Tänzer. Man hörte den Nachtwind von

Zeit zu Zeit aufheulen und spürte den Schneestaub, den er aufwirbelte, im Gesicht. Man kann aus einem Buch auch aufblicken und sich sagen: Nachmittag am Atlantik, es ist jetzt genau 4. Man kann sagen, man betrat sie nicht einfach von der Straße: man schied vielmehr von der Straße ab. Man kann zum Vorteile der Regeln viel sagen, ungefähr was man zum Lobe der bürgerlichen Gesellschaft sagen kann. Man kannte einander, jeder hatte von jedem eine gewisse Kenntnis und Vorstellung; und eine Menge Freundschaften waren geschlossen. Man kommt ins Gedränge, und schon hat man eine blaue Bohne im Arm oder hat die Beine gebrochen. Man konnte nicht im Seestern sitzen bleiben und unentwegt polnischen Adligen auf blaue Sonnenbrillen und violette Fingernägel schauen. Man konnte schon mit freiem Aug' in die Sonne blicken, sie sank, in sichtbarer Schnelligkeit, dem Westen entgegen. Man liegt vor Tische noch eine Stunde, und dann liegt man wieder bis vier Uhr, sei ganz unbesorgt. Man mag noch so eingezogen leben, so wird man, ehe man sichs versieht, ein Schuldner oder ein Gläubiger. Man möchte sagen: ihre Reize wurden unterstrichen, sie wurden sichtbarer, konturierter, wie mit der Tuschfeder nachgezogen und gehöht. Man muß eine andere Umgebung aufsuchen, das ganze Berlin wird Sie jetzt bedrücken, Sie brauchen ein anderes Klima. Man muß furchtbar aufpassen mit ihm, daß man kein Wort zu viel sagt, sonst gibt es ausführliche Lehren. Man nahm eine Zigarre, und Wüllersdorf war wieder darauf aus, das Gespräch auf mehr gleichgültige Dinge zu lenken. Man nimmt in der Welt jeden, wofür er sich gibt; aber er muß sich auch für etwas geben. Man pflegte mich mit stärkenden Nahrungsmitteln und kräftiger Arzenei, so daß ich nach drei Tagen imstande war, aufzustehen. Man schritt also vom angeblich Kleinsten zum abermals Kleineren vor, man löste notgedrungen das Elementare in Unterelemente auf. Man verstand ihre Wut, ihr Grauen nicht ohne weiteres, Hans Castorp im besonderen verstand sich nicht gleich darauf. Man warf, zu sich kommend, einen Blick auf die Leichen ringsumher und entdeckte, daß es höchste Zeit sei. Manche brachten Stücke von Gassen mit, manche Schulhöfe und Sportplätze, manche den Fluß und manche Wolken und Wälder. Manche hat man ganz fertiggemacht, manche zu Verrätern, manche hat man freigelassen, mit gebeugtem Genick, mit gebrochenem Willen. Manche hatten nicht einmal die bunten Papierschlangenfetzen und die runden Koriandoliblättchen von ihren Schultern, Hälsen und Köpfen entfernt. Manche hatten Polster mitgebracht, die sie zwischen den Kopf und die Zimmerdecke gelegt hatten, um sich nicht wundzudrücken. Manchmal hockten sie wohl eine Stunde in dem Wagen vor ihrem Haus: stumm und ohne sich zu rühren. Manchmal kam noch sein alter Zorn über ihn und schüttelte ihn wie ein starker Sturm einen schwachen Strauch. Manchmal vermochte sie es, auf dem genannten Boulevard oder in der Rue de Pera auch recht arrogant auszusehen. Manchmal, am Nachmittag, lauschte er auf und glaubte, den Geistesschritt des alten Jacques auf der Treppe zu vernehmen. Marcell ist, was man einen Schatz nennt, oder auch ein Juwel, Marcell ist ganz so wie Schmolke war. Maria drehte das feuchte Frottierhandtuch zu einer Wurst und pfiff ziemlich laut und auch richtig das Englandlied mit. Maria nahm Oskar in Schutz und machte Matzerath Vorwürfe, weil es ihm nicht gelungen war, vorsichtig zu sein. Maria weinte und hängte mir meine Trommel um, die Hochwürden Wiehnke während des Prozesses an sich genommen hatte. Maria, die das Geschenk nicht zurückzuweisen wagte, hob den Käfig aus Kurtchens Reichweite zu mir auf den Tafelwagen. Mary hatte unter Gretes Leitung im Laufe des letzten Jahres drei Chopin'sche Etuden und einiges von Schumann studiert. Matzerath half, so gut er konnte, und Mutter Truczinski ging es bald besser, wenn auch nie mehr gut. Mehrere bekamen rote Köpfe und bedauerten einmal über das andere, nicht mehr Geld zu sich gesteckt zu haben. Mehrere Taschenlampen blitzten auf dem Hof, der Mann mit der Postkarte fiel Franz ein, merkwürdiger Kerl, merkwürdiger Kerl. Mehreren U-Booten war es gelungen, westlich von Irland sieben oder acht Schiffe mit soundsoviel tausend Bruttoregistertonnen zu versenken. Meiden Sie diesen Sumpf, dies Eiland der Kirke, auf dem ungestraft zu hausen Sie nicht Odysseus genug sind. Mein Besuch hatte nichts Rührendes, nichts Sentimentales an sich, er hat mich abgestoßen, dachte ich auf dem Ohrensessel. Mein Freund Herbert Truczinski besprang sie, lief dabei aus; doch Niobe blieb trocken und nahm an Stille zu. Mein Gott, sagte Armgard, die halb ausgekleidet auf dem Rande ihres Bettes saß, wie geläufig Doktor Neumann spricht. Mein Mann ist nicht hier, sagte die Frau, Sie können ja zu ihm, da drüben in der Wirtschaft. Mein Schlager, sei lieb, Süßer, ich mache Auktion im Lokal, keine Tellersammlung: Wers dazu hat, kann mich küssen. Mein süßer Vorturner, nannte ich ihn, Sportler aller Sportler, Sieger im Hängen am Kreuz unter Zuhilfenahme zölliger Nägel. Mein Taschentuch beseitigte Spuren auf dem abgesessenen Holz, Oskars Schuhsohlen mußten einige unglückliche Tropfen auf den Fliesen verreiben. Meine Anstalt reut mich so wenig, daß ich die Kirche gern wegen dessen, was ihr entgeht, entschädigen will. Meine Augen hingen mit Andacht und Liebe an ihrer Gestalt, immer bereit, sich abzuwenden, sobald sie zurückschauen würde. Meine Herren, sprach nach einer Weile der Wortführer Herr Doktor Langhals mit gedämpfter Stimme über die Versammlung hin. Meine Mutter politisierte nicht, und sonst hatte ich kein nahestehendes

Vorbild, welches meine unmaßgeblichen Meinungen hätte bestimmen können. Meinen Besuch, wenn er euch etwas wert ist, seid ihr einer Betrachtung schuldig, die ich gestern gemacht habe. Melzer hatte in diesen Augenblicken die deutliche Vorstellung, daß es eigentlich garnichts Größeres geben könne als: Nicht-Fragen, Nichts-Sagen. Melzer stieß sich an dieser vermauerten Tür wie an einer Ecke, es drang wie ein Fremdkörper in ihn. Melzer, an Ort und Stelle verharrend, dicht vor der Tapetentür, verbeugte sich leicht nach links und nach rechts. Melzern erscheinen die leeren Stiegen, die von den Kandelabern beleuchteten Bühnen und Rampen, heute riesenhaft groß und geräumig. Mieze ist sehr sanft zu ihm, aber er will nur von ihr wissen, ob er recht geredet hat. Mimi sang sozusagen wie eine eingesperrte Nachtigall, von denen es ja heißt, daß ihr Wohllaut besonders ergreifend sei. Mir ist es ja auch heute noch bedenklich, nur will ich es nicht gleich so übertreiben wie du. Mir ist es mit dem vergangenen so, und nirgends auffallender als im Garten, wie Vergängliches und Dauerndes ineinandergreift. Mirambo kann nicht fahren, sagte der Hofknecht; das linke Pferd hat ihn beim Anspannen vor das Schienbein geschlagen. Mit dem Eingeschneitwerden verbinde ich von langer Zeit her eine freundliche Vorstellung, eine Vorstellung von Schutz und Beistand. Mit den Obern sprach er vertraulich, woraus ich schloß,

daß Herr Matzerath ein Stammgast der Bahnhofsgast-
stätten sein müsse. Mit diesem künstlichen Umwege
verhütete ich, daß Dortchen irgendwie ahnen könne,
ich wisse das sonderbare Geheimnis ihres Körbchens.
Mit diesen Worten reichte mir der Dominikaner einen
kristallenen Pokal, in dem ein dunkelroter, stark duftender Wein schäumte. Mit dieser derben Geschichte
hatte unser Geplauder die Grenze fast überschritten,
die wir dem anwesenden Mädchen schuldig waren. Mit
dieser hier jedoch: unten am Fuße des Felsens, welchen
Asta und Melzer erstiegen hatten, vor vierzehn Jahren.
Mit Eifer und Gewalt faßt sie die Hände beider Ehegat-
ten, drückt sie zusammen und eilt auf ihr Zimmer. Mit
Emma schien ihm alles Begehrenswerte und aller Zauber des Lebens nahegewesen und tückisch wieder ent-
glitten zu sein. Mit mehr Richtigkeit nannte ich vorzugsweise ein langes hohes Kirchendach, das mächtig
über alle Giebel emporragte, den Berg. Mit Mühe gelang es mir, die Streitenden auseinander zu bringen
und der Sache auf den Grund zu kommen. Mit ruhiger
Stimme erzählen wir es, da kein großer Unterschied
war zwischen seinem neuen Zustande und dem bishe-
rigen. Mit welcher Empfindung rufe ich aus: Verzeihe
mir's, Teuerste, wenn ich ihnen nicht bin, was du ihnen
warst. Mitte Dezember startete Rundstedt seine Arden-
nenoffensive, und auch wir waren mit den Vorberei-
tungen für unseren großen Coup fertig. Mittlerweile

hatte sich die Stube gefüllt, und es kam die Wirtstochter, um der Kellnerin im Bedienen zu helfen. Möchte bloß en Bulle mit der Blechmarke sein und den fragen, paß uff, wie die lange Beine machen. Mögen Sie immerhin staunen, was das Lächeln betrifft, so nehme ich mir die Freiheit, es Ihnen zu verweisen. Müßig zu sagen, daß die andere Flanke der Treppe von gleicher Kugel mit gleich gußeisernem Schwanz bewacht wurde. Mußte denn das so sein, daß das, was des Menschen Glückseligkeit macht, wieder die Quelle seines Elendes würde. Mutmaßliche Vollwaise warst du, standest hier, auf diesem Sand, der Saspe heißt, und hieltest eine leicht oxydierte Patronenhülse. Mynheer Peeperkorn hat auch Talent, sagen Sie, was Sie wollen, und damit steckt er uns in die Tasche.

N

Na gut denn, sagte er, einlenksam, über Melzer wißt ihr jetzt Bescheid, das heißt, wie ich darüber denke. Na, da müssen wir eben drüber reden, das können wir ja mal begießen, wie wir das machen wollen. Na, die Gedanken sind auch danach, da kann freilich nicht viel anderes herauskommen als nichts und wieder nichts. Na, hat vielleicht einen Ausflug gemacht mit ihrem hohen Freund und Gönner, wird er sie wohl bald abladen. Nach der Meinung des alten Herrn von Trotta durften Zärtlichkeiten nicht auf dem Perron, vor zufälligen Zeugen, stattfinden. Nach der Vorstellung gaben die Stabsoffiziere des Regimentes, die in dem Schloß Quartier genommen hatten, noch eine Party. Nach ein paar Schritten kamen sie zu einer Tür aus mattem Glas, welche die Pflegerin vor K. öffnete. Nach einem mehrjährigen Aufenthalt in Italien sei er gänzlich umgewandelt zurückgekommen, mit Geringschätzung auf die frühere Weise herabsehend. Nach einer guten Weile erschien auch Anna und nahm ihr besonders vorgeschriebenes Frühstück, indessen wir das gewöhnliche verzehrten. Nach einer Weile schweigsamen Nebeneinandergehens versetzte sie geheimnisvoll: Es is nich immer alles so, wie mancher woll meint. Nach einiger Zeit trat dann auch der Prinz, der sich im Konvikte nicht wohl befunden hatte, wieder aus. Nach jeder halben Stunde erhob er sich, um sich zur Wasserleitung zu begeben und seinen Kopf zu begießen. Nach Kuh und unserm Freunde

Immanuel frag' ich nicht erst, die sind bloß ihres Schwagers und Schwiegervaters Klientel. Nach mehr Büchern von ihm suchend, fand ich ein kleines Bändchen, nicht von ihm, aber seine Biographie enthaltend. Nach rückwärts, über die letzten Tage auf dem Lande draußen, blitzte das fahle Licht eines möglichen fundamentalen Irrtums. Nach Thüringen, und wir haben die Wartburg besichtigt und den Martin Luther und den Sängerkrieg und den Venusberg. Nach und nach zog man sich ins Landschaftszimmer hinüber und gruppierte sich mit den Tellern um den Tisch. Nach weiteren fünf Minuten setze ich mich auf den Tisch und lasse ein Bein in der Luft schaukeln. Nachdem der Advokat ihn genügend gedemütigt zu haben glaubte, fing er gewöhnlich an, ihn wieder ein wenig aufzumuntern. Nachdem er schon in England einen Lautenkasten entwendet, zwölf Stunden weit getragen und für drei Kreuzer verkauft hatte. Nachdem ich ein Spielchen treibend herausgefunden hatte, daß es für mich kein Soll ich oder soll ich nicht. Nachdem ich eine Zeitlang ruhig gewartet hatte, fragte ich einen Diener, ob die Verhandlung noch lange dauern werde. Nachdem wir uns erkannt, erzählte ich das Vorgefallene in einem Tone, der ihn erraten ließ, wo ich hinauswollte. Nachdenklich teilnehmend blickte Hans Castorp auf sie hinab, und ihm war, als verdunkele ihre traurige Erscheinung die Morgensonne. Naja, dick biste wieder ganz schön, aber kuck dir mal in Spiegel an, wat du für Oogen hast. Napoleons General hieß Rapp, und an den mußten die Danziger nach einer elenden Belagerung zwanzig Millionen Franken berappen. Natürlich die erste, die in der Keithstraße, die mir von Anfang an so gut gefiel und dir auch. Natürlich haben sie auch in ihrer Scheußlichkeit und Widerwärtigkeit, was gesagt sein muß, sozusagen ihren österreichischen Charme gehabt. Natürlich wollte Georg gern solche Photographien ansehen, wo er selbst beim Wettschwimmen zu sehen war und beim Jiu-Jitsu. Neben der dunklen Gravität des Alten nahm sich die klirrende Buntheit des Jungen noch leuchtender und geräuschvoller aus. Neben ihm hielt sich Hänschen, sein Freund, ein semmelblonder, leicht geschminkter Sechzehnjähriger in einem blauen Konfirmandenanzug, sehr artig. Neben ihr im Fauteuil lehnte Tom und rauchte seine Zigarette, während am Fenster Klara und Thilda einander gegenübersaßen. Neben ihr, auf dem zierlichen Nähtisch mit Goldornamenten, brannten die sechs Kerzen eines Armleuchters; der Kronleuchter hing unbenutzt. Nebenbei bemerkt soll es bei Grauermanns auch schon lange nicht mehr stimmen, da sind irgendwelche ganz schwere Geschichten. Nebeneinander blickten sie über den feuchtgrünen Abhang und den schmalen, steinigen Strandstreifen hinweg auf die trübbewegte See hinaus. Nee, er kommt auf nischt, und die Künstlerin Fröhlich schlug sich aufs Knie, indes Unrat sich rosig bewölkte. Negria erfuhr von der beschwipsten Etelka, mit welcher er sich, immer tanzend, eifrigst unterhielt, vielleicht noch weitere Personalien. Nehmen Sie Platz, Giebenrath, sprach er freundschaftlich, nachdem er dem schüchtern eingetretenen Jungen kräftig die Hand gedrückt hatte. Nehmen Sie, wenn gefallen, sagte der Fremde ruhig, mit seinem Lächeln, das nur ein Zurückziehen der Lippen war. Neigung zur Nachdenklichkeit wäre mir ganz begreiflich in Ihrem Fall, und zum Plaudern haben Sie schließlich Ihren Vetter. Nein, dem Höchsten und Letzten gegenüber gab es keinen Beistand von außen, keine Vermittlung, Absolution, Betäubung und Tröstung. Nein, er ging nicht gern in die alte Schule, diese ehemalige Klosterschule mit Kreuzgängen und gotisch gewölbten Klassenzimmern. Nein, er hat sich platt hingeworfen, da ein Höllenhund anheult, ein großes Brisanzgeschoß, ein ekelhafter Zukkerhut des Abgrunds. Nein, sagte der Geistliche, man muß nicht alles für wahr halten, man muß es nur für notwendig halten. Neugierde, nichts als Neugierde, da sehe man wieder mal, wo einem die Freunde bleiben, wenn das Unglück komme. Nicht das mindeste Erstaunen, nicht die mindeste Begierde, schnell das Rätsel zu lösen, regte sich in mir auf. Nicht die Befriedigung der natürlichen menschlichen Bedürfnisse, sondern die Aussicht auf Gewinn ist die Grundlage der heutigen

Produktion. Nicht etwa, daß ihm eine Taube ihren Dreck auf die Trommel geworfen hätte, um ihm einen Schrei abzukaufen. Nicht immer müßten die zusammenkommen (natürlich war er in bezug auf seine Ehe der Meinung, ihm sei's geglückt). Nicht unmittelbar, nicht gleich im ersten Moment, aber die Frist war nur eine nach Minuten ganz kurz bemessene. Nie hätte Oskar sich die Schwester Dorothea und ihren Schlaf in dieser ihm so verhaßten Gruft vorstellen mögen. Nie mehr wollte sie zu ihm zurückkehren, auch nicht, wenn er frei sei, das sei aus für immer. Niemals früher hatte ich so große Sorgen wegen des Prozesses wie seit der Zeit, seitdem Sie mich vertreten. Niemals hatte der Fluß einen so reinen, grünblauen, lachenden Spiegel gehabt, noch ein so blendend weißes, brausendes Wehr. Niemand außer ihm wußte es, aber er würde bestimmt auch dies noch wissen, das sah man ihm an. Niemand hat ein Recht, den Anderen auf harte Proben zu stellen, so sagte der Doktor Ferry Siebenschein gerne. Niemand kann behaupten, daß einer kritischen Lage jemals Dauer eignen könne, es würde das sogar ihrem Begriffe widersprechen. Niemand kann das äußere Leben ausschließlich einer Maske in Auftrag geben und dahinter integral bei sich selbst bleiben. Niemand wunderte sich, daß zu dieser Jagd nicht nur ein großes Aufgebot Polizei, sondern auch SS eingesetzt wurde. No, no, there's no help for him; Vogelsang, ah, ein häßlicher

Vogel, kein Singvogel, no finch, no trussel. Noch dazu, bemerkte er, hättest du etwas nicht ganz so Unsinniges tun können und hast es nicht getan. Noch empfindet er Lust, noch beherrscht er die Lage: das Leben hat ihm noch einmal den Spielraum gelassen. Noch in der Domtür roch es stark nach Kaffee und frischem Kuchen, denn gleich nebenan war die Dom-Konditorei. Noch mit den zu Fäusten geballten Händen lief sie dann hinter K., der aber einen großen Vorsprung hatte. November 27, ist schon lange her, noch vor Weihnachten, da war die polnische Lina, was mag die machen. Nu hör' mal, du sagtest doch, Wedderkopp wisse gar nichts davon, du wolltest ihn eigentlich überraschen, und so. Nun aber begann sich allmählich die Zeit zu spannen zwischen jenem schon fixierten Punkte und dem vorwandernden Jetzt. Nun also, sie gestand mir, daß dies Gefühl des Fremden sie verlassen habe, was sie sehr glücklich mache. Nun lief sie die Treppen hinauf, um die Rechnungsrätin vorzubereiten, und Melzer folgte langsam mit Thea Rokitzer nach. Nun mag es in der Tat zu den Angewohnheiten des Bösen gehören, sich vorzugsweise in Astgabeln zu lagern. Nun sollst du also erfahren, sagte Charlotte, daß es mir mit Ottilien geht, wie dir mit dem Hauptmann. Nun war er frei umhergegangen, hatte die Freude seines Herzens gepflegt, am Flügel geträumt und alle Widrigkeiten vergessen. Nun war Mary kontrolliert genug, um dann das beste zu tun: nämlich nichts zu sagen oder beinahe nichts. Nun, das mit dem Gedächtnis: hier wird wohl irgendein Grund und Anlaß vorgelegen haben, vorausgelegen haben, meine ich. Nun, das Schlimme ist, daß Erika ein wenig zur Melancholie neigt, Tom, sie muß es von mir haben. Nun, Du mußt doch selbst sagen, um uns fest zu binden, sind wir noch beide reichlich jung zu. Nun, er war ja ein beachtlich hübscher und ein eleganter Bursche obendrein, das möge man nicht ganz vergessen. Nun, ich hab' es nicht hindern können, aber das Weitere, das kann ich hindern und werde es hindern. Nun, Schwester Dorothea, raten Sie mal, wagte ich einen Scherz, der das leicht Peinliche unseres Zusammentreffens mildern sollte. Nun, sie sah auch der Mutter nicht ähnlich und nicht dem Bruder und überhaupt niemandem aus der Verwandtschaft. Nun, Sie und unser alter Unrat sollen ja die Stadt auf den Kopf stellen und massenhaftes Unheil anrichten. Nun, züngelte er, Sie könnten mich für die paradiesische Schlange halten, denn auch damals gab es schon Kochäpfel. Nunmehr liegt das Kind wieder für todt und getrauen wir uns nicht, zu Bett zu gehen aus Furcht. Nur dadurch kann der Fortgang des Prozesses, wenn auch zunächst nur unmerklich, später aber immer deutlicher beeinflußt werden. Nur einige Lampen brennen noch, schon ermattet vor dem Hellgrau des Tages, der übermächtig durch die Jalousien eindringt. Nur hatte er heute in seinem Eifer nicht damit gerechnet: denn jetzt schuldeten die Leute ihm eine Antwort. Nur jetzt keine Störung, denn Montag konnte es schon zu spät sein, er mußte heut und sogleich fort. Nur noch einige Erquickung scheint er aus dem Glase zu schlürfen, das ihm freilich kein wahrhafter Prophet gewesen.

O ja, das war die Frage; das war von jeher, so lange er denken konnte, seine Frage gewesen. Ob er gelegentlich auch seine Füße in den rechten Winkel stellt und seinem Händedruck eine besondere Beschaffenheit verleiht. Ob Hübbenett wirklich gut abzuschneiden hoffe bei einem Ansturm gegen bestehende Dinge, an denen solche Herren interessiert seien. Oben war der Zug noch nicht angemeldet, und Effi und Innstetten schritten auf dem Bahnsteig auf und ab. Oberhalb dieses Sofas hingen eine ausgeblichene Studentenmütze und eine Anzahl brauner, nachgedunkelter Photographien in Visiteformat aus der Universitätszeit. Obgleich er einen vorzüglichen Platz innehatte und mit Bequemlichkeit hätte ablesen können, war er auch hierzu zu träge. Oder empfand er mit Widerwillen ein Lob der Unordnung und der exotischen Gewalttätigkeit in diesen Messer- und Revolvergeschichten. Oder schien ihm im Gegenteil, daß er schon viel, viel länger, als wirklich zutraf, an diesem Orte lebe. Oder, wenn du Otto nicht triffst, so bitte den Polizeiassessor, ja, lieber den, er weiß doch besser Bescheid. Offenbar trug Beineberg den lächerlichen Zusammenbruch seiner Prophezeiungen nun ihm nach und Reiting mochte ihn überdies bearbeitet haben. Offenbar war sie protestantischer Konfession, ohne rechte Hingabe an ihren Beruf, neugierig und von Langerweile beunruhigt und belastet. Oft drang ich auch in sie, mir von ihrem Leben zu erzählen und warum sie so einsam sei. Oft habe ich keine Ahnung, wie etwas auszuführen ist; ich weiß nur, das weiß der Arbeiter dann schon. Oft im sinkenden Monde seh' ich die Geister meiner Kinder, halb dämmernd wandeln sie zusammen in trauriger Eintracht. Oh, es war unendlich dankenswert, daß er sich nicht in Unwissenheit darüber befand, wie es mit ihm stand. Oheim ist unzweifelhaft etwas Höheres als ein gewöhnlicher Onkel, für den sich jeder ordinäre Kerl aus geben kann. Ohne es zu wissen, gab der Regimentsarzt die Richtung an, ohne es zu wissen, folgte ihm der Leutnant. Ohne Personnagen zu erfinden; ohne Ereignisse zu erfinden, die exemplarischer sind als seine Wirklichkeit; ohne auszuweichen in Erfindungen. Ohne Zweifel hatte Papa sich heute nach dem zweiten Frühstück damit beschäftigt und sie zu weiterem Gebrauche liegenlassen. Oho, sagte Lys lachend, indem er mir auf die Schulter klopfte, was sollt ich ihr denn zuleid tun. Orge, was ist denn das fürn Achtgroschenjunge, wo hast du dir denn den Rotzlöffel besorgt, den du anschleppst. Oskar trat, aus dem Hausflur, vom Dachboden kommend, wo er nachgedacht hatte, mit seiner Trommel im Wohnzimmer ein. Ottilie besann sich nicht einen Augenblick, sie gab Charlotten das Wort, das sie sich schon selbst gegeben hatte. Ottilie fuhr fort, das Kind in die freie Luft zu tragen, und gewöhnte sich an immer weitere Spaziergänge. Ottilie ist fast unser einziger Zögling, über den ich mit unserer so verehrten Vorsteherin nicht einig werden kann. Ottilie konnte dem Bräutigam, der sich nach dem Verhältnis des Architekten zum Hause erkundigte, die beste Auskunft geben. Ottilie lag noch ruhig auf den Knieen Charlottens; sie atmete sanft; sie schlief, oder sie schien zu schlafen. Ottilie, die uns begleitete, stand an zu folgen und bat, sich auf dem Kahne dorthin begeben zu dürfen. Ottilie, getragen durch das Gefühl ihrer Unschuld, auf dem Wege zu dem erwünschtesten Glück, lebt nur für Eduard. Overkamp pfiff vor sich hin sein feinstes Luftausblasen, immer weiter, bis Fischer am Tisch gegenüber die Hände zitterten.

P

Paare ergingen sich das Ufer entlang, und am Ohr des Mädchens war dessen Mund, der sie vertraulich führte. Paß mal uff, die stell ick dir uffn Korridor, und nachher, wenn du gehst, nimmst sie dir alleene. Pastor Quittjens mißverstand ihn und sagte, das habe er gewußt, daß Unrat sich das nahe gehen lassen werde. Paula stieß seit ihrer Bekanntschaft mit Stangeler auf keine nennens-werten Schwierigkeiten, wenn sie ausgehen wollte, auch abends nicht. Pelzer hatte das Gefühl, das ein tod-müder Mensch hat, wenn ein Wecker rasselt, und er will ihn überhören. Philipp wäre sehr für die Aufhe-bung des Eigentums, aber er wäre entschieden gegen eine Einengung der Freude gewesen. Pista hatte ein ebensolches türkisches Kaffee-Service zu Etelka ge-bracht wie es Melzer besaß, man erinnert sich dessen vielleicht. Plötzlich aber schlug sie die Augen auf, Au-gen, die ganz dunkel geworden waren und voll von Trä-nen standen. Plötzlich aber tat sie einen Schritt vor-wärts und sagte mit unvermittelt ruhiger und sanft interessierter Stimme: Wie allerliebst. Plötzlich riß ich mich los und eilte nach Hause, von wo mir der schrille Ton einer Dorfgeige entgegenklang. Plötzlich sah man Karls jüngeren Bruder, der sich von Asta offenbar ver-nachlässigt fühlte, mit Angely de Ly dahinschweben. Plötzlich tauchten rechts und links die weißen Hände auf, nahmen das niedersinkende Antlitz in Empfang und betteten es.

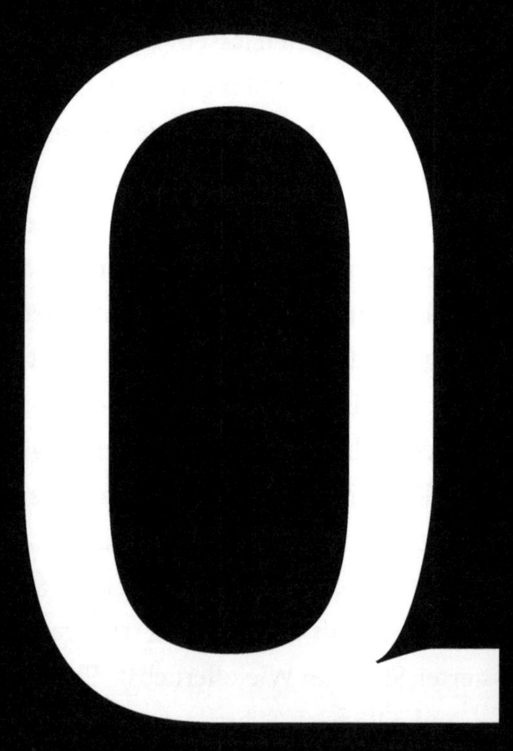

Quatsch, kneift Franzen ins Bein, nächstens wird einer mit dem Kleistertopp rumloofen und für die ihre Plakate ankleben.

R

Radames, Radames, sang dringlich der Oberpriester und führte ihm in zugespitzter Form sein Verbrechen des Verrates vor Augen. Rasch das flache Becken ran, das schwarze heiße Blut strömt ein, schäumt, wirft Blasen im Becken, rasch rühren. Red' mir doch bloß nicht dazwischen, raunte Ertzum noch rasch, wenn ich das Hünengrab auf mich allein nehme. Reg dich doch nicht so fürchterlich auf, redete Georg sein Herz an wie der Schäfer Ernst sein Hündchen. Reiche wie farbige Blasen sind aus dem Land im Rücken des Schäfers Ernst herausgestiegen und fast sofort zerplatzt. Reiting hat einfach von seinem eigenen Gelde das Nötige gegeben, damit Basini seine Schuld bei mir ablösen könne. René legte es offenbar darauf an, Melzern gar nicht zu Wort kommen zu lassen (wenigstens schien's diesem so). Richard hätte die Fländlerin gerne gebeten, ihm eine Flasche Bier und eine Scheibe von dem Schinken zu verkaufen. Richard, der im Autobus des Flughafens in die Stadt fuhr, enttäuschte das sich ihm bietende Bild der Zerstörungen. Rosalie zahlte ihm die Hälfte und warf die andere in eine geleerte Zuckerschale, die gerade zur Hand war. Roswitha verlangte, daß Innstetten eine große Veränderung an dem Kinde finden solle, was er denn auch schließlich tat.

S

Sachkundig und in mehr als einer Beziehung in seinem Elemente stand Hans Castorp am Lager, bewandert, aber fromm. Sag ick doch, hab ick mir gleich gedacht, oh Gott, warum geht er denn hin mit eenem Arm. Sage mal: Warum warst du eigentlich vorgestern, Donnerstag, den ganzen Nachmittag so schweigsam, wenn ich das wissen darf. Sagen konnte er nichts, aber das Blut stieg ihm mächtig zu Kopf, und er wäre am liebsten davongelaufen. Sagt nicht selbst der Sohn Gottes, daß die um ihn sein würden, die ihm der Vater gegeben hat. Sagte das Kurtchen, mein Sohn, nicht zu dem Feinkosthändler und nebenberuflichen Karnevalisten zuerst Onkel Stenzel, dann Papa Stenzel. Sah es nicht aus wie eine Folter, die, vom Gericht anerkannt, mit dem Prozeß zusammenhing und ihn begleitete. Scheiden ist scheiden, sagte Ernst, setzen Sie sich doch noch en bißchen zu mir, zu meinem letzten Kartoffelpuffer. Scheint irgendwann dahinter gekommen zu sein, daß bei ihm im Oberstübchen das Licht nicht gerade sehr hell brennt. Schimpfst über Gauner und Gaunerei und kuckst dir die Menschen nich an und fragst nich, warum und wieso. Schlankweg fragt der nach Sonja, und ohne weiteres gesteht Matter, na, wenn dus weißt, dann weißt dus eben. Schließlich ließen sie K. in einer Lage, die nicht einmal die beste von den bereits erreichten Lagen war. Schließlich schenkte er mir auch anderes, was er nicht schon getragen hatte, Platten zum Beispiel, eine ganze Sinfonie. Schließlich schüttelte er meine Frage ab und gab dem zu frühen Nachmittag die Schuld an der ausbleibenden Antwort. Schlimm allein war, daß Jan seinen großen, bombensicheren Grandhand, mit Viern, Schneiderschwarz angesagt, nicht zu Ende spielen konnte. Schmeller äugte während solcher Erwägungen scharf nach dem Haustor und sodann wieder nach dem leeren Wagen schräg gegenüber. Schnakenbach, um der Kaserne zu entgehen, schluckte Schlafentzugsmittel und studierte Einstein, Planck, de Broglie, Jeans, Schrödinger und Jordan. Schnell gab ich allen die Hand und eilte davon, ohne mich halten zu lassen oder gehalten zu werden. Schnell stellte sich jeder, nach seiner eigenen Lage und Persönlichkeit, vor, zu was ein solches Geld nützlich wäre. Scholle, der gleich Klepp alle Gastwirte der Altstadt kannte, sagte, sobald es im Grünzeug knallte: Schmuh schießt Sperlinge. Schon bevor ich die ersten drei Scheiben abfertigte, fiel mir das Gebrumm einer Fliege hoch über mir auf. Schon deshalb, Editha, weil aus dem, was du so zusammen brabbelst, deine Unwissenheit und Ungründlichkeit zur Genüge hervorgehen. Schon die alten gehen nicht, und im Jahre 27 ist der Buchabsatz gegen 26 um soundsoviel Prozent zurückgegangen. Schon hatte ich die Hände voll, da kam seine Stimme: Was ham Se denn da baumeln, am Koffer. Schon hier oben in dem ziemlich hoch gelegenen Stockwerk, in dem nur Schlafzimmer lagen, roch es nach Kaffee. Schon in der Vorhalle dieser Schulgeruch, der, oft genug beschrieben, jedes bekannte Parfüm dieser Welt an Intimität übertrifft. Schon lag der tiefe Abend in den Straßen, und auch in der Halle des Hotels war es dunkel. Schon sagte Knopfmacher, nach der Deckenlampe zeigend, zu seiner Tochter: Entschuldige, ich kann so trauriges Stimmungslicht nicht ausstehen. Schon seine vielfältigen Berufsgeschäfte nahmen seine volle Tätigkeit in Anspruch, welche er nicht plötzlich schwächen zu dürfen glaubte. Schrecklicher Kerl das, soll mir loslassen, von dem will ich nichts wissen, der braucht mir nischt zu erzählen. Schritt man stärker aus, so erreichte man ihn noch vor sechs Uhr und traf keinen der früheren Kameraden. Schwarz an die purpurne Chaiselongue stoßend, das zuerst gemietete, später langsam abgezahlte Klavier, mit Drehschemelchen auf weißgelblichem Langhaarfell. Schwester Leandra und Mamsell Severin hatten nichts mehr zu tun und blickten betrübt in das Gesicht der Sterbenden. Sehen Sie, da vorn ist so ein Iwan Iwanowitsch ohne Weißzeug mit dem Staatsanwalt Paravant in Streit geraten. Sehen Sie, fügte Editha beiläufig hinzu, mit der Budau ist es mir ja fast ähnlich ergangen, im Kursalon. Sehr oft hat sie über sich selbst gesagt, sie sei nichts als traumwandlerisch, ihre Existenz sei eine traumwandlerische. Sein Bariton war spröde, aber heute fand er ihn schön, und das Singen begeisterte ihn mehr und mehr. Sein Benehmen gegenüber seiner Braut war erfüllt von dem Zartgefühl, das man von ihm zu gewärtigen berechtigt war. Sein Blick schweifte ein paarmal über den reichen Tisch und genoß und verweilte hier und dort im Genießen. Sein Gesicht war bleich, und auf seinen Händen, deren Poren weit offen standen, wuchs nicht ein einziges Härchen. Sein Gesichts-Ausdruck war sehr ernst, sozusagen schwer, und hatte im Augenblicke etwas Fremdartiges, wie von einem slawischen Bauern. Sein Großvater noch war ein kleiner Bauer gewesen, sein Vater Rechnungsunteroffizier, später Gendarmeriewachtmeister im südlichen Grenzgebiet der Monarchie. Sein vermeintlicher Sohn Pietro zog mit seiner Schwester Angiola an den Hof Franceskos, der dem Zenobio gefolgt war. Seine anschließenden Beinkleider bestanden aus einem weißen, waschbaren Stoff und waren an den Außenseiten mit schwarzen Streifen versehen. Seine Augen konnten bald die dicken Bastwuschel unterscheiden, die an der Wand hingen, allerlei Geräte, Körbe und Kleidungsstücke. Seine Bewegungen, seine Sprache, sowie sein Lachen, das seine ziemlich mangelhaften Zähne sehen ließ, war ruhig und verständig. Seine feste Überzeugung, daß Allende in Chile mit amerikanischer Hilfe gestürzt worden ist, kann er behaupten, nicht beweisen. Seine Frau aber führte mit wahrem Fanatismus das Hauswesen, welches durch verschiedene Arbeiter und Dienstboten schnell erweitert wurde. Seine Gattin hatte inzwischen das andere Paar begrüßt und sich mit der ganz glücklichen und wohlaussehenden Agnes unterhalten. Seine Hände lösten sich, gingen auseinander und aufwärts, ausgebreitet, aufrecht, die Innenflächen nach außen, wie zu heidnischem Gebet. Seine Mama hatte den ganzen Winter hindurch Mühe gehabt, mit der Beichte ihrem Verhältnis zu Jan Bronski nachzukommen. Seine Mutter weinte, aber Philipp fuhr in sein Kinderland, er reiste der Kälte, dem Frieden, dem Schnee entgegen. Seine Tauschzeugen hatten den Eindruck, daß sich der Tauschpartner in Begleitung eines anderen in Richtung Petersau begeben hätte. Seine Vorschläge sind lausig, aber Einwände kränken ihn gar nicht, er ist willig, die Sache nochmals zu studieren. Seiner Mutter, die geglaubt hatte, einen überreizten und verwirrten jungen Menschen zu finden, fiel seine kühle Gelassenheit auf. Selbst als ich meinem Blech schon die langverdiente Ruhe gönnte, wollten die Trommelbuben noch immer kein Ende finden. Selbst auf dem Burgtheater, der ersten Bühne Europas, wie er sich ausdrückte, kämen am Ende nur Kompromisse zustande. Selbst die Berühmtheit macht es nicht möglich, immer das zu spielen, was man spielen will, sagte der Burgschauspieler. Selbst ins Bioskop-Theater von Platz führten sie Karen Karstedt eines Nachmittags, da sie das alles so sehr genoß. Seltsam, Edithchen, wenn einer so besoffen wäre, daß er, zum Exempel, dich doppelt sähe, er sähe die Wahrheit. Seltsamerweise kannten sie trotzdem keinen höheren Ehrgeiz als den, ihre Söhne womöglich studieren und Beamte werden zu lassen. Sich tätig an der Winterlust zu beteiligen, war ihm verboten, und den Gaffer zu spielen, hatte ihm mißfallen. Sie äußerte noch mehreres und hörte ihn immer nur bebend hinhauchen: Der Schüler Lorenzen liegt zerschmettert am Erdboden. Sie beeilten sich, um nicht in das Rudel hineinzukommen, das immer dichter wurde, je mehr es bergab ging. Sie benutzte die Sekunde, um zu schreien: Ihm is die körperliche Liebe widerlich, hat er so gewiß gesagt. Sie beschreiben den Mann leidlich, Größe etwa 1,75, sehr breit in den Schultern, schwarzer steifer Hut, hellgrauer Sommeranzug. Sie betrachteten mich mit ehrfurchtsvoller Scheu, und ich hörte es sogar unter ihnen flüstern: Das ist ein Heiliger. Sie beugte sich plötzlich vor und sagte ihm ins Gesicht in heller Verzweiflung: Ich war doch die Lotte. Sie blickte herab auf den Brief, und nach einigem Besinnen nahm sie ihn auf, erbrach und las ihn. Sie blickte ihn etwas verdutzt an bei solcher Genauigkeit; ja, und er selbst war nicht ohne Verwunderung darüber. Sie blickte um sich, lauschte nach rückwärts in's Haus, und dann strich sie ihm kurz über die Haare. Sie blieb daheim, nicht aus einer Unlust oder Furchtsamkeit des Geistes, sondern aus einer Hemmung in den Gliedern. Sie blieben beide stehen bei der Gruppe Bunsen-Fahrenberg-Zillich, sahen, was los war, sagten rasch was einer zum andern. Sie blühte auf, nichts lastete mehr auf ihr; in ihre Worte und Bewegungen kehrten Keckheit und Sorglosigkeit zurück. Sie brachte ihm seine eigene Natur, von der sie was hielt, in Erinnerung, und sie wußte das auch. Sie erlauben wenigstens, daß ich sie mir auf mein Zimmer bringen lasse und mich mit Ihnen darüber unterhalte. Sie eröffnete also dem Lämmlein, daß sie nun nach Hause gehen müsse, weil ihre Kleine sonst allein wäre. Sie erzählte die Geschichte vom Sankt Christoffel, wie in der Nacht ihn eine Kindesstimme über den Strom ruft. Sie fand, ihrer frischen Witwenschaft komme es nicht zu, mit einem alleinstehenden Herrn so vertraulich beisammen zu wohnen. Sie fanden, ich spräche boshaft; aber wenn ich es tat, so geschah es vielleicht nicht ohne pädagogische Absicht. Sie findet Ottilien an der Erde, und ein Mädchen des Hauses stürzt ihr mit Geschrei und Weinen entgegen. Sie folgte dem Kamme, von wo aus man linker Hand in das einsame, kaum bewohnte Seitental blicken konnte. Sie fragten ihn in der Destille, an der Ecke, wo er sie traktierte, was er für Geschäfte mache. Sie fühlte sich bedrückt und wußte nur nicht, wen sie dafür verantwortlich machen sollte, Innstetten oder sich selber. Sie fühlten ihr eigenes Elend in dem Schicksale der Edlen, fühlten es zusammen, und ihre Tränen vereinigten sich. Sie gefiel sich nämlich darin, Kessin als einen halbsibirischen Ort aufzufassen, wo Eis und Schnee nie recht aufhörten. Sie glaubte den Schritt des Jungen zu hören, da er jetzt kommen mußte, sie hob schon die Arme. Sie haben das Geld und die Geldgeschäfte gehaßt und den kapitalistischen Reichtum den Brennstoff des höllischen Feuers genannt. Sie haben einen fetten, kleinschuppigen Leib, dicken Kopf mit drolligem weißem Bart, kleine Augen und einen schlanken Hinterleib. Sie haben hier viel gekämpft, fing Melzer wieder an, vorsichtig zurücklenkend aus der Tropidonotus-Reservation zu seinen eigenen Sorgen. Sie haben Ihr Versprechen vergessen, sagte der Kaufmann und streckte sich von seinem Sitz aus bittend K. entgegen. Sie haben sich in Schottland getroffen und damals auf einer Ansichtskarte (ein grüner Hügel) gemeldet, daß sie heiraten. Sie haben Spitzbübereien begangen, Sie haben sich Kapital ergaunert, nur um mir statt 12 Prozent 16 zu zahlen. Sie haben über die Schrecken der Unzulänglichkeit Dinge solchen Formates gesagt, daß Sie mich aufrichtig betroffen sehen davon. Sie hält sich die Hand vor den Mund, der kleine Lüders ist dicht bei ihr: Wenn du schreist. Sie halte sich zur Zeit in einem Kurort des Allgäus auf und wolle im Herbst nach Spanien gehen. Sie hätte versucht ihn auf ihre Party zu schleppen, armer Edwin, Emilia würde Edwin auf kein Fest führen. Sie hat merkwürdigerweise gar keine Angst, sagt bloß: Wird wohl nichts sein, umbringen werden sie uns schon nicht. Sie hat sich mühsam durch das Gestein hinaufgequält und quält nun jeden, wenn du willst, den sie hinaufführt. Sie hatte auf die Frage, ob sie zum zweiten Male Suppe wünsche, gedehnt und demütig geantwortet: J–a bit–te. Sie hatte die Blumen, sehr fleischige schwere Gladiolen, noch gehalten, wieder allein, und ein wenig an sich gedrückt. Sie hatte einige Wochen lang am Tisch der Salomon und des gefräßigen Schülers gesessen und immer viel gelacht. Sie hatte Herrn Dröge sogar schon dazu angestachelt, die Mündung seines Wasserschlauches auf den vorübergehenden Unrat zu richten. Sie hatten breite Münder und schwere Lippen, die sich kaum schließen konnten, und schmale, helle Augen ohne Blicke. Sie hatten die größte Freude an seinen Gestalten und wußten nichts Ähnliches aufzufinden, das sie so befriedigt hätte. Sie hegte eine tiefe Abneigung gegen Unternehmungen wie die heutige: zumal im Sommer, und nun gar am Sonntag. Sie hielt es für Täuschung, aber sie hatte es gehört, sie wünschte, sie fürchtete es gehört zu haben. Sie hoffte auf die Rückkunft des Architekten, dessen ernstere, geschmackvollere Sammlungen die Gesellschaft von diesem Affenwesen befreien sollten. Sie hörte und erkannte mich sogleich, stand auf, zog sich leicht an und ließ mich zum Fenster herein. Sie hörten das weiche Rollen der Räder im weichen Sande des Feldwegs und das helle Knirschen der Achsen. Sie hustete fast ohne Unterbrechung, und ihre sämtlichen Fingerspitzen waren verpflastert, da sie infolge der Vergiftung offen waren. Sie ist immer liebenswürdig und wünschbar, und selbst wenn sie irrt, hilft die gemeine Verantwortlichkeit den Schaden ertragen. Sie kam rasch näher und wurde stärker, wobei sie allen Geräuschen und allen Bewegungen ihren scharfen Takt aufzwang. Sie kamen mir näher, aber ohne mich gewahr zu werden, gingen sie in tiefem Gespräch bei mir vorüber. Sie kamen sich in der Schwebe vor und wunderten sich aufs höchste, wenn wieder ein Jahr vorbei war. Sie katzbalgten sich wie kleine Jungen, aber mit der Verzweiflung erwachsener Männer, mit denen es dahin gekommen ist. Sie lächelt, versteht nicht, streichelt seine Hände, der Vogel ist aufgewacht, Franz seufzt, sie kann ihn nicht beruhigen. Sie lachte, hob ihre fetten Arme, steckte die Füße mit Strümpfen aus dem Bett: Ick kann nischt dafür. Sie lachten mir zu, winkten drohend, weil ich ihr Panier verlassen, und forderten mich auf, wieder zu tanzen. Sie lag über der wirklichen Blässe des Angesichts wie der Widerschein einer roten Lampe über einem weißen Tisch. Sie lag zudem frei und mit der weitesten Aussicht; so hoch, daß man dem Hause auf's Dach sah. Sie lag, ein winziges Häuschen mit einem allzu großen Schornstein auf dem Dächlein, an die rückwärtige Hofmauer angebaut. Sie lassen das

Maul hängen, ich sehe es alle Tage, die Verdrossenheit steht Ihnen an der Stirn geschrieben. Sie legte ihr Gesicht an seines, ohne ihn zu küssen, ja vielleicht ohne den Wunsch, ihn zu küssen. Sie lehrten, daß nur die Habgier, eine Folge des Sündenfalls, die Besitzrechte vertritt und das Sondereigentum geschaffen habe. Sie macht die auf, da steht alles drin von den Gucklöchern und der Brieftasche und dem lieben Jungen. Sie meinen wohl, daß die Richter durch die zweite Verhaftung in ihrem Urteil zuungunsten des Angeklagten beeinflußt werden. Sie mußte mich jetzt dulden, ich blieb und stellte mich als Aureliens Bräutigam kühn und keck ihr entgegen. Sie nahm seine Hand so rasch auf, daß er sie nicht mehr zurückziehen konnte, und betrachtete sie genau. Sie sagen, daß die Beamten faul sind, alle gewiß nicht, besonders dieser Untersuchungsrichter nicht, er schreibt sehr viel. Sie sagte aber doch: Weißt du, Roswitha, wenn ich wiederkomme, müssen wir doch noch mal ernstlich drüber reden. Sie sagte bei Tisch, was sie immer sagte: Ich möchte wissen, wenn du mal endlich bei uns tapezierst. Sie sagte sich, er hatte recht und noch einmal und noch einmal, und zuletzt hatte er doch unrecht. Sie sagte: Seht ihr denn nicht die schönen Blumen und Kränze, die grünen Geländer und die roten Seidentücher. Sie sah mich mit einem ernsten, bis ins Innerste dringenden Blick an und frug: Ist das Euer Sohn. Sie sah neben dem schmalen und zusammenge-

sunkenen Trinker allzu mächtig aus, beinahe, als könnte sie den Trinker verschlingen. Sie sah nicht nach
rechts, nicht nach links, als ob das alles mit ihr nichts
zu tun hätte. Sie sahen zum kleinen Grafen Sternberg
hin, verblüfft und trostlos und dennoch bereit, nach
dem Unsinn zu greifen. Sie saß am Ehrenplatze zwischen ihrem Vater und dem Regierungsstatthalter, gegenüber dem Tell und seiner wirklichen anwesenden
Ehefrau. Sie saß neben Sidonie von Grasenabb und
sagte: Sonderbar, so bin ich auch gewesen, als ich vierzehn war. Sie saßen alle um ein kleines metallenes
Tischchen herum bei verschiedenen mit Soda ver-
dünnten Getränken, Anis und Wermut. Sie saßen dann
wieder wie zuerst, das Mädchen mit hochgezogenen
Knien, eine Hand des Mannes zwischen ihren Händen.
Sie saßen jetzt in der Messe und besprachen den Fall
des Hauptmanns Jedlicek, den grauenhaften Fall des
Haupt. Sie saßen nun beide am Tisch, und K. vergrub
von Zeit zu Zeit seine Hand in die Strümpfe. Sie schielt
öfter nach den Feldblumen, die er in der Hand hält,
aber Franz geht aufrecht mit ihr. Sie schlenderte an
dem strahlenden Haus von Tietz vorbei, ging über den
Damm zur finsteren Prenzlauer Straße herüber. Sie
schlug das Buch an der Stelle auf, an der die Ankunft
der beiden Männer sie unterbrochen hatte. Sie
schmeckt wie Papiermaché, ich versichere dich, es ist
gerade, wie wenn man einen völlig verdorbenen Ma-

gen hat. Sie schwieg einen Augenblick, dann sagte sie, wieder ganz dreist, ganz neugeboren patzig: Wir geben nichts an Fremde. Sie sehnt sich aus dem Getümmel, und wir verphantasieren manche Stunde in ländlichen Szenen von ungemischter Glückseligkeit; ach. Sie selbst wies wie einst mit dem rechten Zeigefinger auf den Jesus und sah dabei den Johannes an. Sie setzte sich neben die Alte in den Fond des Wagens, während die jungen Mädchen die Rückplätze einnahmen. Sie setzte sich vor den Tisch und wartete, während es vollends dunkel wurde, auf die Heimkehr des Mannes. Sie sind doch ein starker junger Mann, da sind Sie doch zu was andrem von der Natur bestellt. Sie sind nicht würdig, an der erhabenen Jungfrauengestalt, zu der wir jetzt übergehen, Ihre geistlose Feder zu wetzen. Sie sind sehr vorsichtig, sagte K., aber ich werde Ihnen ein Geheimnis sagen, das Sie vollständig beruhigen wird. Sie sind zwei brave Leute, Melzer und E. P. aber es kommt nichts dabei heraus, für sie nämlich. Sie sitzen um die Tische, lachen und lassen sich nicht stören, sie schwatzen weiter, der Kellner bedient weiter. Sie sollten eine Unterbrechung machen und einmal die Heimat wiedersehen, auch wenn Sie nicht als ein Sieger kommen. Sie sprachen ihren Gruß und erbaten sich zur gewöhnlichen Ausschmückung seidene Tücher und Bänder von dem schönen Geschlecht. Sie sprachen jetzt nichts mehr, während die Nacht unendlich langsam dahinging und sich das Zimmer mit Rauch füllte. SIE SPRACHEN VON DER ERZHERZOGLIEBE, BESSERE FILME IM NEUEN DEUTSCHLAND, LIEGT ES AM DREH-BUCH, DICHTER AN DIE FILMFRONT. Sie spürten heimlich wohl den Boden wanken und richteten im Davongerissenwerden noch so viel Schaden an wie möglich. Sie stand mir so hoch, ich habe eigentlich, wenn ich es genau bedenke, nie gehofft, sie zu erlangen. Sie steigen zu zweit die Feuerleiter rauf, schrauben in Ruhe das Schloß an der Vordertür des Kontors ab. Sie streifte ihn wieder von seitwärts mit dem Blick und sah zur Decke, die Arme hinter'm Genick verschränkt. Sie tat einige Fragen an ihn, die er kurz beantwortete, und sich an den Pult stellte, zu schreiben. Sie trat hin und schlug das Buch an der zuletzt gelesenen Stelle auf: im Evangelium des Apostels Matthäus. Sie trennten sich von den Viehhändlern, Franz nahm Meck unter den Arm, sie pendelten allein durch die Brunnenstraße. Sie trug höchst elegante herabhängende Ohrringe von Gold, die in etwas anderer Form schon ihre Großmut-ter getragen hatte. Sie und Ihr Land, Sie lassen ein vor-behaltvolles Schweigen walten, dessen Undurchsich-tigkeit kein Urteil über seine Tiefe gestattet. Sie verhindern aber auch die wirkliche Freisprechung, sag-te K. leise, als schäme er sich, das erkannt zu haben. Sie verleihen Rang, ob sie zustimmen oder widersprechen; noch eine Fehde führen sie in der Erwartung von Rang.

Sie verließen den ‚Graben‘ und zogen sich bei Gerstner (eine damals renommierte Konditorei) zärtlich tuschelnd in ein Eckchen. Sie versuchten es zum andern, griffen zu stärkeren Beschwörungen, kamen auf das aristokratische Problem, auf Popularität und Vornehmheit. Sie war die Kehrseite seiner Leidenschaft: sie mußte alles bekommen, in dem Maße, wie die andern alles verloren. Sie war eine starke Raucherin und hatte vom Rauchen eine rauhe Stimme und vom Weißweintrinken ein aufgequollenes Gesicht. Sie war nicht Lehrerin, sie wußte nichts von Strenge, und in Harmlosigkeit und stillem Frohsinn bestand ihr Wesen. Sie waren beide um etwas älter als Eduard und Charlotte und sämtlich genaue Freunde aus früher Hofzeit her. Sie waren die Kinder jenes SS-Führers, mit dem sein Schwiegervater, der alte Mettenheimer, bei dem Verhör geprahlt hatte. Sie waren unterschieden durch das farbige Etikett ihres Zentrums, die Hartgummidisken, und durch nichts weiter, für das Auge. Sie warf einen einzigen Blick über die Menschen weg, die sich auf der Straße um Algeiers Auto drängten. Sie werden getroffen, sie fallen, mit den Armen fechtend, in die Stirn, in das Herz, ins Gedärm geschossen. Sie will ihren Kopf an seiner Brust verstecken, aber er preßt den Kopf hoch: Na, wer bin ick. Sie will noch eine Zigarette rauchen, I AM HUNGRY, sagt sie, nimmt aber ihre Tasche nicht vom Boden. Sie wollte das Mädchen mit ihrer Arbeit in das Nebenzimmer sitzen lassen; dann besann sie sich wieder anders. Sie wollten mir von den Winkeladvokaten erzählen, sagte K. und schob, ohne eine weitere Bemerkung, Lenis Hand weg. Sie wurde beständig magerer, und ihr schwarzes Kleid, welches überhaupt gar keinen Schnitt hatte, beschönigte diese Tatsache nicht. Sie würden ihn an Ort und Stelle kaum erhoben haben, aus Furcht, vor sich selber lächerlich zu werden. Sie wußten nicht, sie brauchten nur noch weißzuglühen, dann wären sie weich geworden, und alles wäre neu gewesen. Sie zog die Knie zusammen und ihren Rock über den Knien, und Georg sah jetzt auch ihr Gesicht. Sie, die große Somnambule, die alle durchschaut, erkennt, nur sich selbst nicht, mammamia, nur sich selbst nicht, Dio. Sieh', das ist das, was man das Höhere nennt, das wirklich Ideale, nicht das von meiner Freundin Jenny. Siehste, jetzt kuckste mir an, kiek mir man an, hast noch nicht genug gehabt von deine vier Jahre. [Siehste, wat du doch für ein kleener Schäker bist, Reinhold, mir haste ausm Auto geschmissen, aber jetzt kommste]. Slama trinkt das Glas mit einem Zug leer, Durst hat er, merkwürdigen, unerklärlichen Durst an diesem kühlen Tag. So aber habe er nicht umkehren können, um die Auersbergerischen nicht noch mehr auf die Folter zu spannen. So aber, lieber, lieber Baron Trotta, selbst für unsereinen, na, Ihnen brauch' ich ja eh nix zu sagen. So aber, wie die Sachen jetzt lagen, kam Melzer der Beziehungs-Art Renés zu diesem Orte wohl etwas näher. So das sind Sie, sagte er zu Hans Castorp, den Joachim mit zusammengezogenen Absätzen präsentierte; na, freut mich. So ein Strolch, so ein Schuft, läßt mir hopps gehen, aber ick sage es, den wer ick kriegen. So entspricht es Ihrem Alter, welches männlicher Entschlossenheit noch entraten und vorderhand mit allerlei Standpunkten Versuche anstellen mag. So erschien am Ende eine erstaunliche Frucht, zwar nicht in Reife, wohl aber in Bildung befindlich: die Toleranz. So etwas kommt so rasch, so von selbst; man merkt erst nachher, daß man etwas Unkluges getan hat. So geht der Weg auch in ungeschickter Bewegung bald herauf, bald herab, bald durchs Wasser, bald über Steine. So gingen sie denn bereits zu viert, und schoben sich also mit dementsprechender lästiger Langsamkeit unter Geschwätz vorwärts. So grobe Reden durfte die Frau Venus, die mit einem Teile ihres Gefolges der Singschule beigewohnt, nicht anhören. So kam, nach dem Weggange der Sandroch, das Ehepaar K. bald in's Hintertreffen, was Mary wieder unnötig fand. So kehrte ich in meine verödete Wohnung zurück, die ich seit der letzten Morgenfrühe nicht mehr betreten hatte. So könnte ich, zum Beispiel, falls man mich wirklich aus der Anstalt vertreibt, Maria einen zweiten Heiratsantrag machen. So ließ denn der Rittmeister schon am Montag die diesbezügliche Familie Pastré zur Gänze in die Zirkel reiten. So milchig, glatt und gesund ihre Stirn sich auch wölbte, trug sie dennoch ihr Unglück deutlich im Gesicht. So plünderten sie die, die ihnen in die Falle gegangen sind jemals, aus bis zum letzten, dachte ich. So sah er ihnen eifersüchtig nach und stellte sich alles mögliche vor, was sie vielleicht heimlich verabreden könnten. So schneiden sich zwei Welten, sagte er dazu und mischte dann mit der flachen Hand die Schwaden durcheinander. So sehr wir aber auch horchen mochten, die abscheuliche Stimme, die ich vernommen, ließ sich nicht wieder hören. So steht auch geschrieben: Solange der Mensch hofft, wird er immer wieder neu anfangen mit dem hoffnungsvollen Scheumachen. So stelle ich mir besonders an Regentagen vor: meine Großmutter verschickt Einladungen, und wir treffen uns in ihr. So verdrückte ich mich augenblicklich, als Jan von einem Mann, den die anderen Doktor Michon nannten, Instruktionen erhielt. So viel weißt du doch, der ist nicht der Mensch des Aufbäumens oder der Eskapade nach Gretna Green. So warm der Tag auch gewesen war, jetzt konnte einen nichts täuschen, daß der Sommer längst vorbei war. So wie wir uns dessen einmal bewußt geworden sind, können wir das Dasein einer Seele nicht mehr leugnen. So wird Melzer endlich seinen Namen zu Recht bekommen, denselben, der am Taufschein gestanden ist, dem Autor unbekannt. Sogar mit einem Bein und nicht mit vieren, wie solche der Rittmeister für diesen Morgen sich zugelegt hat. Sogleich erkannte ich den Jugendfeind, jenen vom Turme gestürzten Knaben Meierlein, und kletterte eilig hinunter, ihn zu verjagen. Sogleich nach Erhalt des Blankos von Seiten Theas war Hedi Loiskandl, der freudige Hiobspostler (eine besonders empfehlenswerte Sorte). Solche Bauern hatten Geld genug und maßen es bei Hochzeiten und Leichenfeiern einander in Scheffeln und Wannen zu. Solche hygienischen Verhältnisse sind einer großen Stadt unwürdig, und die Öffentlichkeit muß das brandmarken, wo sie nur kann. Solche Rumänen und Bulgaren hat es zu Wien immer gegeben, meist im Umkreise der Universität oder der Musik-Akademie. Solche Tragweite hatte für Franz diese Geschichte, die vielleicht bei einem andern bloß mit einer Prügelei geendet hätte. Solches ist sachlich, nicht mißtrauisch, unsicher oder eitel; letzteres war Cornel nur ganz neben und außer seiner Grundverfassung. Sollen wir uns aus irgendeiner Art von Bedenklichkeit dasjenige versagen, was uns die Sitten der Zeit nicht absprechen. Sollst mal hören, was Herbert sagt: das gibt noch ein Blutbad in Berlin, daß die Leute staunen werden. Sollten Sie denken, daß in dieser ledernen leeren Bierwirtsseele sich auch oft dergleichen regt, bloß auf meinen Anlaß. Sommerferien hatten, mochten sie in der Anstalt an welchem Tag immer beginnen, zu Hause jedenfalls am Samstag anzubrechen. Son Mist, und seine bemalten Eier, du, die haben wir als kleine Kinder mit Mutter zusammen kleben müssen. Sonderbarerweise ergriff er zuallererst den Schlüssel des cornelianischen Nachbarpförtchens, schlüpfte hindurch und machte den dortigen Frauen einen Morgenbesuch. Sonst hätte sie leicht noch zwanzig Jahre leben können und wäre ebensolang mein Trost und meine Freude gewesen. So-oft die wehmütigen Glocken der großen Wanduhr er-klangen, glaubten die Männer, daß ihre eigene letzte Stunde geschlagen habe. Soweit also hat es der Holzhof schon gebracht, daß die nächsten Freunde solche Ver-lobung als eine Selbstverständlichkeit ansehen. Soweit Herr Ferge, der einzige in der kleinen Gesellschaft, der außer allen hin und wider laufenden Beziehungen stand. Soweit sich mein Patient erinnern kann, verlief die Fahrt bis Gdynia, das viereinhalb Jahre lang Goten-hafen hieß, ruhig. Später hat sich sogar das Brautpaar auch noch dazugesellt, sowie Frau Rosa Zihal und die Frau Paula Pichler. Später wurde zu Abend gegessen, worauf er mit seiner Mutter eine Partie Schach spielte, bei der niemand gewann. Stach ihn der Haber, daß er sich obendrein in eine ebenfalls durchaus unverschäm-te Analyse des Lasters verstricken mußte. Statt der ge-wohnten zwitschernden Vogelstimmen, die jeden Morgen begrüßt hatten, erscholl heute das schwarze Krächzen viel Hunderter Raben. Statt Eraths, des Ver-räters, kamst du um, das Boot erreichte den Felsen, er sank dran nieder und starb. Steckt aber was drin, dann ist es die Hauptsache, denn es gibt einem dann immer das eigentlich Menschliche. Stell dir vor, Albert, er hat den Schein und ist Mitglied vom Verband und steht in seiner Bude. Stellt euch nur vor, empörte sich Mama später Matzerath und den Bronskis gegenüber, bei den Liliputanern war er. Stimmengewirr schlug dem Konsul und seinem Begleiter entgegen, als sie hintereinander durch die schmale Tür den Saal betraten. Stundenlang hörte Joachim in seines Vetters Loge das Geräusch, mit dem das Papiermesser die Blätter broschierter Bogen trennt. Suche, daß du endlich einen Inhalt, eine ausfüllende Leidenschaft bekommst, anstatt andern mit deinem Wortgeklingel beschwerlich zu fallen. Suchst nicht einmal einen Vorwand, verheimlichst nichts, nein, bist ganz offen, läufst zu ihr und bleibst bei ihr.

Tagelang hingen die echten und die vermeintlichen Verräter an den Bäumen auf den Kirchplätzen, zur Abschreckung der Lebendigen. Tattenbach fehlte, der Major Prohaska, der Doktor, der Oberleutnant Zander und der Leutnant Christ und überhaupt die Sekundanten. Tausend Menschen glühen an jedem Ort auf: Agamemnon kommt, und jetzt sind es zehntausend, über dem Meerbusen hunderttausend. Tausend, tausend Küsse habe ich darauf gedrückt, tausend Grüße ihm zugewinkt, wenn ich ausging oder nach Hause kam. Teilweise öffnete der Himmel sich; graublaue Wolken, die sich geschieden, ließen Sonnenblicke einfallen, die die Landschaft bläulich färbten. Thomas Buddenbrook spie ein wenig Blut in die blaue Schale zu seiner Seite, denn das Zahnfleisch war verletzt. Thomas folgte ihr diesseits des Tisches, beugte sich hinüber und küßte sie auf die Lippen und die Augen. Thomas schritt den Fünfhausen hinunter, er durchquerte die Bäckergrube und gelangte durch eine schmale Querstraße in die Fischergrube. Thomas, mein Sohn, sei mal so gut, sprach Johann Buddenbrook und zog sein großes Schlüsselbund aus der Beinkleidtasche. Todwillige Verblendung und wärmster Liebeskummer vereinigten sich zu einem Zwiegesang, der außerordentlich schön war, aber keine Hoffnung ließ. Toller Junge, toller Kerl, sagte er über die Schulter, indem er mit dem Kopf auf den Ruhenden wies. Tom, sagte sie und gewann ihrer Stimme, die die Tränen zu ersticken drohten, eine leise, rührende Festigkeit ab. Tony saß mit gesenktem Kopfe zurückgelehnt, und ihre rechte Hand drehte den silbernen Serviettenring langsam um sich selbst. Törleß wurde also schon mit einem gewissen gerührten Wohlwollen empfangen und die Kameraden bereiteten ihn rechtzeitig darauf vor. Törleß zog sich in irgendeinen Winkel zurück, von dem aus er beobachten konnte, ohne selbst gesehen zu werden. Trotzdem sind wir bereit, falls Sie Geld haben, Ihnen ein kleines Frühstück aus dem Kaffeehaus drüben zu bringen. Tut, was Eures Amtes ist, und folgt diesem Mann, der Euch dort hinführen wird, wo man Eurer bedarf.

Über das beiderseitige Niveau wollen wir nicht diskutieren: ob Puccini oder ein Zehnkreuzer-Roman, es bedeutete hier ein gleiches. Über den Läden und hinter den Läden aber sind Wohnungen, hinten kommen noch Höfe, Seitengebäude, Quergebäude, Hinterhäuser, Gartenhäuser. Über meine Gefahr reden Sie nicht mehr, ich fürchte die Gefahr nur dort, wo ich sie fürchten will. Über seinem Haupt war bereits gleichsam der Schimmer der himmlischen Welt, und Trotta war beinahe bereit, wieder umzukehren. Überall zur Seite standen dichte Büschel von Strandhafer, um diesen herum aber Immortellen und ein paar blutrote Nelken. Überdies wußte er mir eine Menge kindischer Gegenstände zu verkaufen, deren Betrag er fleißig in sein Buch setzte. Übrigens bist du ja gesund und kannst tun, was du willst, sagte er, und seine Augen wurden müde. Übrigens brauchst du hierauf nicht stolz zu sein oder zu glauben, es sei auf deine kostbare Gunst abgesehen. Übrigens machte er einen Unterschied zwischen Freuden- und Trauermädchen; zu den Trauermädchen zählte Philipp die gesamte landläufige Prostitution. Übrigens mochte Gott wissen, womit er witzig war, da er ja offensichtlich keinen Tropfen Blut im Kopfe hatte. Übrigens ward im selben Augenblick Kieselack an einem Fenster festgenommen, wie er das Paket Banknoten eben hinauswerfen wollte. Um alles Aufsehen zu vermeiden, wurde er von den beiden vertrauten Männern in die Zimmer des Fürsten getragen. Um den schlanken feinen Leib war eine goldene Kette geschlungen und hing vorn bis auf den Boden herab. Um der Künstlerin Fröhlich immer noch die Wahl zu lassen, legte er die Brieftasche geöffnet auf den Tisch. Um diese Zeit betrat Fiedler die Wohnung seiner Schwiegereltern, in der ihm und seiner Frau ein Zimmer gehörte. Um diese Zeit gehe ich immer ein bißchen hinunter, durchs Dorf und bis Platz, wenn ich Zeit habe. Um diese Zeit wurde es der briefeschreibenden Schweizerin überhaupt erst unzweifelhaft, daß eine von den beiden Zwillingsschwestern fehlte. Um dieselbe Zeit fanden Melzers etwas phantastische Existenzkampf-Vorstellungen automatisch ihr Ende durch seine Übernahme in die österreichische Tabak-Regie. Um dieses Mädchen, das ihm das Glück auf den Weg gestellt hatte, einundzwanzig Tage genau vor seiner Verhaftung. Um einen Advokaten heranzuziehen, dazu ist die Sache doch zu kleinlich, aber einen Ratgeber könnte ich gut brauchen. Um fünf Uhr wurde an alle Polizeistellen der Gegend telegraphiert und abends ein Eilbrief an Heilners Vater abgeschickt. Um jene Zeit waren einige alte deutsche Volkslieder zuerst wieder hervorgezogen und von lebenden Komponisten sangbar gemacht worden. Um Mittag, als der Obergeselle seine Feile weglegte und zum Händewaschen ging, brachte er seine Arbeit dem Meister. Um sich alles mehr im einzelnen zu vergegenwärtigen, nahm man abends zu Hause sogleich die neue Karte vor. Um so fleißiger dachte ich an Anna, wenn ich arbeitete und die grünen Bäume leise um mich rauschten. Um so mehr, als sie so ziemlich das einzige war, das in seine tiefinnerliche Langweile einige Bewegung brachte. Um vier Uhr trat der Repetent, ohne anzuklopfen, in den Hörsaal und erstattete dem Ephorus im Flüsterton Bericht. Und als er mich erblickte, hat er weitergeredet und zwar direkt zu mir, er hat mich geradezu angesprochen. Und als es mit den Produktionen der Schüler zu Ende war, hatte die Stunde auch jedes Interesse verloren. Und als ich wieder dann und wann einen Besuch machte, war Schwester Gertrud auf die Frauenstation versetzt worden. Und am Sonntag ging er mit dem Artisten Kiepert zur politischen Wahl, an den Kohlmarkt, ins sozialdemokratische Hauptquartier. Und auch das Jahr 48 sowie das gegenwärtige Jahr 55 mit ihren Unruhen und Kriegsläuften hatten Verluste gebracht. Und aus dem gleichen Grunde wird jetzt noch durch eine Zeit sozusagen unical aufgetreten werden und keineswegs doppelt. Und außerdem kamen verschiedene, kaum verständliche Erlässe und Verfügungen der Statthalterei betreffend eine gelindere Behandlung der nationalen Minoritäten. Und Basini heulte unter ihnen vor Schmerz, daß es wie die Klage eines Hundes in allen Winkeln zitterte. Und bei diesem Kind sollte sich dereinst ein ganz ähnliches

Genick entwickeln, wie es der alte Schmeller hatte. Und da alles lauschte: Die hat es ja überhaupt bloß haben wollen, daß wir das Hünengrab ruinieren sollten. Und da gibt es nur ein Mittel dagegen: alles muß d'ran bleiben, der Stengel und die grüne Schale. Und da habe ich gesehen, daß nichts mich hielt, und daß es eine Schande gewesen wäre, zu bleiben. Und da Hans sich vor dem Lehrling genierte, drückte er sich bald nach Hause, ohne adieu zu sagen. Und da ist ein Gebirge und der alte Mann steht auf und sagt zu seinem Sohn: Komm mit. Und da wollte ich dir denn sagen: Ich sterbe mit Gott und Menschen versöhnt, auch versöhnt mit ihm. Und dabei zupfte sie die weiße Damastdecke zurecht und legte ihre Hand darauf, die Innstetten nahm und küßte. Und dabei, sagte Edwin, kenne doch schon jede Taube ihren Schlag und sei jeder Vogel in Gottes Hand. Und damit betrat er zunächst die erste Stufe, blieb aber stehen, offenbar um die Ausführung des Befehles abzuwarten. Und damit nahm er seinen Platz wieder ein, während sich Mützell in seine Wartestellung an der Hausecke zurückzog. Und dann hat sie gefragt, ob du dich nicht über den Schnaps gefreut hast und über den Kanarienvogel. Und dann konnte wohl auch vorübergehend in seinen Augen etwas aufleuchten, das an den Aberwitz religiöser Ekstase gemahnte. Und dann muß einen das Sprichwort trösten: Wer für den Strick geboren ist, kann im Wasser nicht umkommen. Und dann war ihr zu Sinn, als müsse sie die Augen schließen und in einem süßen Vergessen hinübergehen. Und dann wird Gas in einen hineingelassen, Stickstoff, weißt du, und so der verkäste Lungenflügel außer Betrieb gesetzt. Und darum hatte sie doch auf diesem Ohr gehört, während ihr Mund besprach, was das bewaffnete Auge sah. Und das flache Land zwischen Mainz und Worms, das ganze Ufer war bedeckt von den Zeltlagern der Kaiserwahlen. Und das ist immer das Schlimme, daß die Menschen grade die Passion haben, die sie nicht haben sollen. Und das Luder is immer vergnügt, und wo ick bin und wo ick arbeite, da ist er ooch. Und das Röcheln wird stärker, es ist ein sehr hingezogenes Keuchen, Verkeuchen, mit leichten abwehrenden Schlägen der Hinterbeine. Und das würden sie nie dulden, und er soll sich schämen, Jungs zu verführen, sie werden ihn anzeigen. Und daß ihr das empfindet, das müßt ihr eben bezeugen, dem müßt ihr einen nicht mißzuverstehenden Ausdruck geben. Und den aus dem Kabuff Zurückgekehrten und allen andern, die ihn je angetastet hatten, vergaß Unrat es nie. Und dennoch handeln wir fortwährend danach: Da haben Sie gleich den Beweis dafür, wie wichtig solche Dinge sind. Und dennoch wußte er auch, daß das Wort Galan für Herrn von Throta eigentlich sehr wenig bezeichnend war. Und der junge Kobisch, der war gestern in Mainz, da bestellt er selbst seinen Wein für die Wirtschaft. Und der, er deu-

tete unbestimmt durch die Luft über Land, der wird
dann schon längst, längst tot sein. Und die alten Gäule
schienen mit dumpfem Gleichmut die prachtvolle Ankunft ihrer jüngeren und gesünderen Genossen zu be-
grüßen. Und die berühmte Torgauer Ansprache, ‚Ra-
ckers, wollt ihr denn ewig leben', geht mir eigentlich
noch über Torgau selbst. Und die roten Häuser hinter
den Mauern fangen an zu zittern und zu wallen und die
Backen aufzublasen. Und die sich dabei immer selbst
im Weg steht, weil sie vor allem zurückscheut, was
nicht einfach ist. Und dies alles, ohne sich mit schlechten Menschen vertragen zu müssen; es ist kein Mißton
im ganzen Tun. Und doch bleibt es dabei, Schmidt, mit
den Traditionen der alten Schule steht und fällt die höhere Wissenschaft. Und doch war dieser beinahe ein
Wüstling vor lauter Freigeisterei und jener dagegen ein
Tugendnarr, wenn man wollte. Und doch war es dieselbe Gefahr gewesen, die er vor einigen Wochen erst an
derselben Stelle geahnt hatte. Und doch war es Rein-
hardt, der seine Augen zuerst niederschlug und ganz
bestürzt und verlegen sagte: Du, Fiedler. Und doch
wollte es ihm nicht gelingen, wenn er es versuchte, des
Hofrats mit kindlichem Vertrauen zu gedenken. Und
draußen fusselt es, es drippelt und gießt, es ist dunkel
und solch Betrieb auf der Prenzlauer Straße. Und Eduard wollte nicht davon gesprochen haben, weil alles wie
von selbst entspringen, überraschen und natürlich er-

freuen sollte. Und ehe die Uhr noch einsetzte, stieg Frau von Briest die Treppe hinauf und trat bei Effi ein. Und eigentlich hab ich doch auch euer Leben geändert und euch vor der Zeit zu alten Leuten gemacht. Und er faßte ihn nun zum Abschied wirklich fester, stieß ihn auf die Bank zurück und ging weiter. Und er freute sich über die Eitelkeit, mit der sie sich bewiesen, daß sie klüger wären als er. Und er sprach vom Worte, vom Kultus des Wortes, der Eloquenz, die er den Triumph der Menschlichkeit nannte. Und er streckt sich im Bett, ballt die Faust auf der Bettdecke: so ist es gekommen, genau so. Und er versuchte nochmals, auf die Beine zu kommen, und da er sich gehörig zusammennahm, so ging es. Und er wandte sich um (als ginge von René eine gerade dahin gerichtete Wunschkraft aus, und nicht Ängstlichkeit). Und er war gerade bei der allerschwersten, die für den Anstand und die gute Sitte zu sorgen hat. Und er weint und bettelt wie son Kind und fällt vor mir hin, ist son junger Mensch, Schlosser. Und er wollte sie zu necken fortfahren, gab es aber auf, als er sah, daß sie sich verfärbte. Und Eva, meint das Mädel bettelnd, Eva heißt ja auch nicht Eva, die heißt auch Emilie wie ich. Und genau so wie mit den Hofräten, Rekruten oder Leutnants, verhält es sich mit den Bräuten, Schwiegermüttern, Gatten. Und hier in Berlin und in der Luisenstädtschen Kirche, darin dein guter, braver Vater und ich getraut wurden. Und hockt wieder in der Kneipe und sieht keiner ins Gesicht und frißt sich wieder satt und säuft. Und ich denke, Herr Gieshübler, Innstetten hatte ganz recht, als er mir versicherte, wir wurden gute Freundschaft halten. Und ich muß dir bekennen, ich habe nichts in meinem Leben gesehen, was mich so traurig gestimmt hätte. Und im ersten Augenblick regte sich auch nicht das väterliche, sondern gewissermaßen das amtliche Herz Herrn von Trottas. Und irgendwie muß ich ja schließlich auch markieren, daß ich nur zu Besuch bin bei euch hier oben. Und je länger Carl Josephs Berichte ausblieben, desto schwieriger war es dem Bezirkshauptmann, den angekündigten Brief zu schreiben. Und jeder von ihnen hatte doch gehofft, daß sie, in einem Zimmer versammelt, auf allerhand Auswege kommen würden. Und kurz und gut: Es gab niemals im Lauf des langweiligen Tages eine Gelegenheit, keinen Schnaps zu trinken. Und kurz, es ist über diese Eindrücke gar nicht anders als verworren, ihrem eigenen Charakter gemäß, zu reden. Und legt den Kopf auf die Seite, nippelt an seinem Glas und wartet, was die Kleine sagen wird. Und Leutnant Trotta ging nach Haus und setzte sich hin und begann, an den Herrn Papa zu schreiben. Und man schloß, um der Heimat den gehörigen Tribut zu zollen, mit dem Gewächs des Bodens, dem Neunziggrädigen. Und meine Mutter war wirklich eine schöne Frau, so schlecht es mir persönlich zusteht, die Beweisführung zu übernehmen. Und mit einem Fall im Zusammenhang, einem wirklichen, auf der Stiege, dem ein sozusagen moralischer nur vorangegangen war. Und mitten in der Freistunde gibt es eine fürchterliche Prügelei, auch Reinhold fällt fürchterlich über den Polen her. Und nachdem er noch einen Augenblick gezögert, warf er die Zigarre den Abhang hinab zwischen das feuchte Nadelholz. Und nun entfernte sich Johanna; Effi aber ging auf ihr Bett zu und wickelte sich in ihre Decken. Und nun lassen Sie mich schließen, um Ihre Geduld und Nachsicht nicht über Gebühr in Anspruch zu nehmen. Und nun ließ Rollo ab und setzte sich vor Innstetten nieder, zugleich neugierig zu der jungen Frau aufblickend. Und nun war der Montag da, und es war sechs Uhr, und er hatte für keine Stunde gearbeitet. Und ohne irgendein Zeichen des Andenkens, ohne irgend etwas, das der Erinnerung entgegenkäme, sollte das alles so vorübergehen. Und ohne irgendetwas hinzu erfahren zu haben, wußte er somit bereits mehr als Thea und die Pichler zusammengenommen. Und Reinhold rutscht abwärts, und zieht Miezen über sich, schlingt sie in seine Arme und küßt ihren Mund. Und richtig: zitternd meldet ihm eines Mittags Trude, Reinhold ist schon zwei Abende in der feinen Kluft ausgegangen. Und schlimm nur, wenn unterwegs plötzlich Tauwetter eingefallen war: dann war ihm die in Stücken mitgenommene Kohlsuppe ausgelaufen. Und sein Herz betete, es möchte möglich sein, daß diese gefahrlose und friedevolle Morgenstunde niemals ein Ende nähme. Und sie gewannen die Hauptstraße, die um ein Stockwerk über die Talsohle erhöht die terrassierte Lehne entlang führte. Und sie ließ nicht ab, ihm in das Gesicht zu blicken, aber immer mit etwas beiseite gehenden Augen. Und sie seufzte aus ihrer halben Lunge, indem sie kopfschüttelnd ihre von Dummheit umschleierten Augen zur Decke richtete. Und Sie undankbarer Mensch sehn das gar nich, wenn ich Ihnen zu Ehren das Grünzeug in'n Ofen steck'. Und Sie werden hier also keinerlei ärztliche Behandlung in Anspruch nehmen, weder in körperlicher noch in psychischer Hinsicht. Und sieht aus wie ein gewappneter Erzengel, wie ein Sankt Michael, sagte Fischer, sobald Bunsen glücklich draußen war. Und so betraf ihn bei einem Besuche Herr Settembrini, ihn störend, wie es von jeher seine Sendung gewesen. Und so sehr ich Korinna liebe, so muß ich doch zugeben, daß ihr ein Denkzettel wohl not täte. Und so war denn der arme Joachim zu einer rätlich gewordenen kleinen Nachkur wieder in die Heimat eingerückt. Und so will ich denn abwarten, was Sie mir von diesen geheimnisvollen Wirkungen vor die Augen bringen werden. Und so wirkte denn hier der Haarbeutel mit, als ließe sie ihn hängen wie ein Hund die Ohren. Und stellen Sie sich vor, sagte sie, zwei Wochen nach diesem Zerrissenen sind mir meine Abendhandschuhe zugeschickt worden. Und ungeachtet meines äußerlich stillen Lebens trat doch manche frühe Trübung hinzu, welche mich sorgenvoll oder leidenschaftlich bewegte. Und unser Treibel wird es nicht übel nehmen, daß wir das Herzenslied seiner Eheliebsten in gewissem Sinne profanieren. Und während ich sie ausdrücke, kommt es mir vor, daß wir zwei Knaben sind, die unmögliche Dinge überlegen. Und was den Export betrifft, nun ja, so schicken wir ein bißchen Korn nach Holland und England, gewiß. Und was die Entwürdigung des Menschen betrifft, so fällt ihre Geschichte exakt mit der des bürgerlichen Geistes zusammen. Und weil die Woche so viele Tage hatte, so mußte sie sich zuletzt zu Museum und Nationalgalerie bequemen. Und weil es so schrecklich war, drum können gnäd'ge Frau auch ganz ruhig sein, von wegen dem Kruse. Und weil sich seine Gedanken ein wenig verwirrten, fügte er hinzu: Er hat mir beinah das Leben gerettet. Und wenn er sie in seine Blechbüchse blicken ließ, so verriet sie den Wunsch, ein Stück zu probieren. Und wenn ich die habe, dann müssen wir ihn ausquartieren, und Sie schlafen mit mir in dem Alkoven. Und wenn nur nicht Herr Settembrini Grund gehabt hätte, zu fürchten, Hans Castorp möchte das alles hörenswert finden. Und wenn sie mir dann kriegen, sitzt du in der Tinte, dann bin ich von dir die Frau. Und wie der Vater sie verzieht, fuhr Effi halb verlegen und nur, um doch was zu sagen, fort. Und wie schön und lieblich ist sie, ein Gedicht, ein Kunstwerk, ein Witz, ein bunter und duftender Scherz. Und wir sprechen davon, daß unser Hochzeitstag sei, und er sagt mir Liebes und Freundliches und vielleicht Zärtliches. Und zum letzten Mal gesagt: Kümmere dich nicht um meine Liebschaften oder Nichtliebschaften, ich weise es durchaus ab. Und zwei Tage später sah Hans Castorp im Vorbeigehen mit Joachim, daß in dem Rotbeinschen Zimmer gestöbert wurde. Unnatürlich winzige und obendrein grün werdende Bäumchen standen zwischen schützenden, dem Krummstab ähnlichen Eisenstäben im Kies vorm Portal. Unrat dachte bei jedem Glas, das eingeschenkt ward: dies sei sein Wein, in diesen habe Lohmann nichts dreinzureden. Unrat hatte schon die Hand auf dem Türgriff; aber er holte sie erschrocken zurück und machte sich davon. Unrat hütete sich, ein Wort dagegen zu sagen; dieses Mädchen hätte sofort die Hände auf die Hüften gestemmt. Unrat keuchte wortlos; und sie fand ihn genau so aussehn, wie sie ihn sich beim Singen vorgestellt hatte. Unrat lief sofort nach Erkundigungen, und wie er zurückkkam, war er bleich, feucht, und konnte kein Wort hervorbringen. Unrat nahm die Brille ab; er fand die Tür schon geschlossen, sah sich gefangen und äugte ratlos umher. Unrat rückte gepeinigt hin und her, wie bei der Übersetzung eines Schülers, der stockte und gleich festzusitzen drohte. Uns gehört das Sofakissen da und dann noch der Rahmen von dem ollen Bild: sonst gehört uns nischt. Unser Plan war, die Jungfrau oberhalb des Beckens abzusägen und einen zweiten Schnitt zwischen Fußsohlen und Wolke anzusetzen. Unser Verhältnis trat äußerlich zurück vor dem schweren Leiden und der Trauer, welche die Zukunft nur halb verhüllte. Unsre ist beinah altmodisch und jedenfalls viel zu klein, so daß ich oft nicht aus noch ein weiß. Unter anderem weiß ich, daß es sich verbietet, eine jüngere Frau an diese meine Zukunftlosigkeit binden zu wollen. Unter den Spitzbogen der Rathaus-Arkaden hatten die Fleischer ihre Stände und wogen mit blutigen Händen ihre Ware ab. Unter die werte Zunge damit, auf sieben Minuten, viermal am Tag, und gut die geschätzten Lippen drum schließen. Unter diesen Ergebnissen kam die Hauptmahlzeit des folgenden Tages und mit ihrer Beendigung die Stunde des Rendezvous heran. Unternahm ich doch an solch einem Tag den ohnmächtigen Versuch, in den Besitz einer neuen Trommel zu gelangen. Unverlacht hatte den Mechanismus wie die Lampen billig erworben und wartete nun auf einen Käufer für diese Schätze. Unverlacht, von keiner Reue belästigt, von keinen religiösen Skrupeln gepeinigt, stürzte sich geschäftig auf die Risse im Teppich. Unvermittelt verlangte nun Unrat, die Klasse solle durch den Zwischenfall keinen Augenblick von der Jungfrau abgelenkt worden sein.

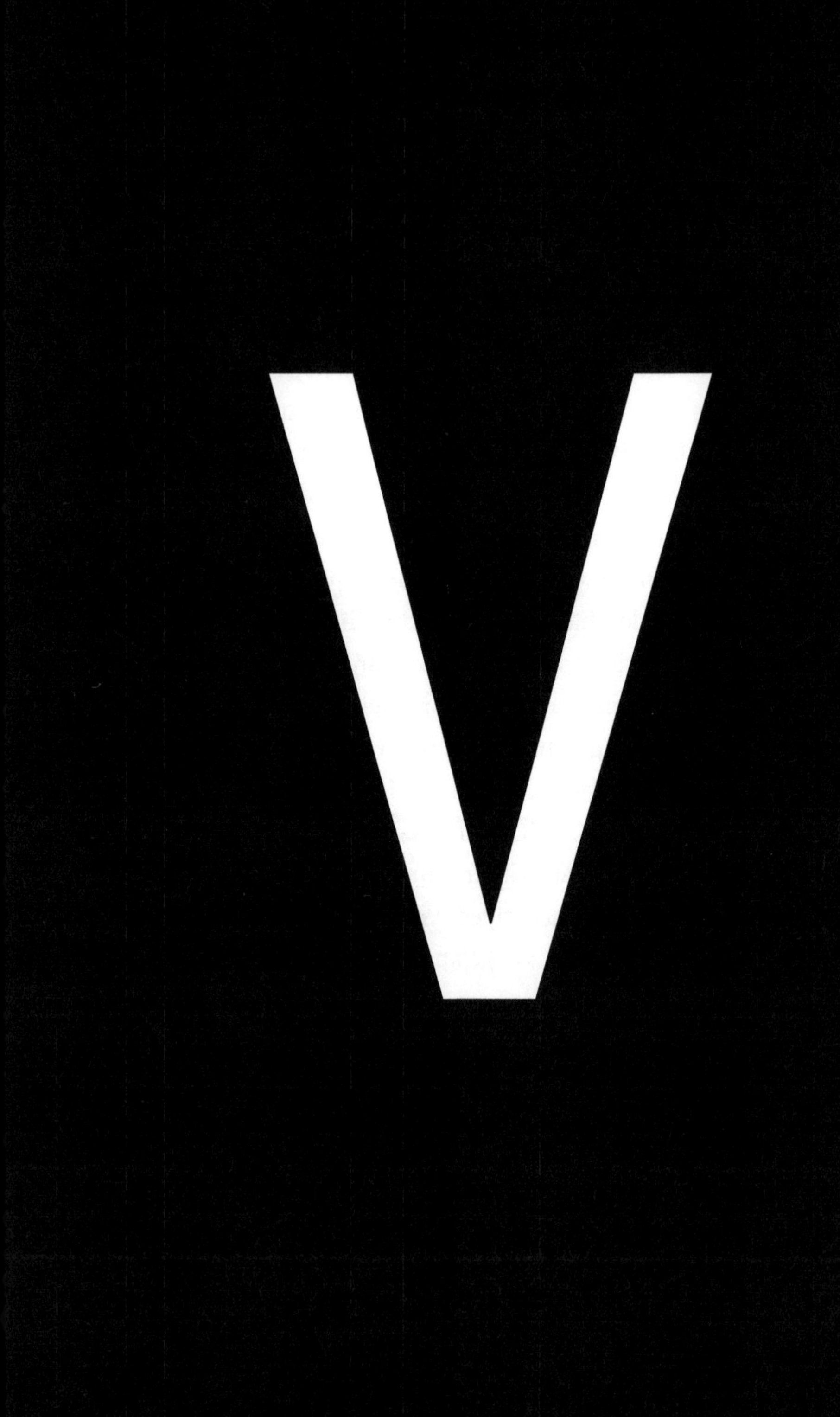

Verdrießlich daher und verstimmt war Eduard, als er vernahm, Mittler komme nicht von dorther, sondern aus eignem Antriebe. Verläßt sich noch irgend jemand auf die bewußte Firma, mit der Ihr Kredit steht und fällt, mein Lieber? Versteht sich, von alter Zeit her immer im Schlaf, und unterm Holunderbaum ist es natürlich nicht besser geworden. Verzeihen Sie, mein Herr, fügte er hinzu; ich habe nichts als Vokale gehört und die nicht einmal alle. Viel ernster und bewegender kam ihnen der Augenblick vor, da sie von Vater und Mutter Abschied nehmen mußten. Viele blieben auch im Orte, um dem Klange der Geigen nachzugehen, welche da und dort sich hören ließen. Viele verwechseln gar die Mittel und den Zweck, erfreuen sich an jenen, ohne diesen im Auge zu behalten. Vielleicht fuhr sie mit Scarlez in einem Boote und fütterte die weißen und schwarzen Schwäne, welche rundum schwammen. Vielleicht gab es irgendwo in der Monarchie Revolutionäre: Im Bezirk des Herrn von Trotta kamen sie nicht vor. Vielleicht geht es dir, günstiger Leser, wie mir, und das wünschte ich denn aus erheblichen Gründen recht herzlich. Vielleicht irgendwo in der weiten Welt eine Bank, die Ihnen auch nur einen Silbergroschen auf den Tisch legt. Vielleicht läßt sich dieser bis heute klaffende Bildungsunterschied durch die Verschiedenheit meiner beiden Lehrerinnen erklären und womöglich entschuldigen. Vielleicht leidet auch sie jetzt, denk ich, auf ihren linken Arm gestützt, und leidet wohl mehr als ich. Vielleicht saß er nun und giftete sich und war ihr spinneböse und konnte vor Galle nicht Mittag essen. Vielleicht sollte man denken, ein solches Betragen wäre dem Bräutigam mißfällig gewesen; allein es fand sich das Gegenteil. Vielleicht wäre er als General von Hitler oder nach dem Kriege von den Alliierten als Kriegsverbrecher gehängt worden. Vielleicht wird man später nicht verstehen, wieso Franz vergnügt sein konnte in der Haut, in der er steckte. Vielleicht, wer weiß, erfolgt am Ende noch gesammelter Abmarsch ins Lokal der Frau Resi: noch eine Runde Schnaps. Vierzehn Tage vor der Taufe fuhr er mit Hedwig neben sich auf dem Bock zweispännig im Labesweg vor. Vom Vorsaal her vernahm er schon die Wirtin, die auf das Zimmer losging, um es dem Gast anzuweisen. Von allen Seiten trank man auf sein Wohl, seine glückliche Reise und das gute Gelingen seiner beruflichen Aufgaben. Von dem dichten, üppig wuchernden Unterholze, an das die Kleider streiften, ging jedesmal ein Schauer von Tropfen nieder. Von dem Unfall war das Dorf bald erregt worden und die Kunde sogleich bis nach dem Gasthof erschollen. Von den beiden, mit denen er zusammen in Pommern Einbrüche gemacht hat, sitzt einer hier mit zehn Jahr. Von den Dörfern und Städtchen aus westlich von Mainz gab es unzählige Möglichkeiten, auf Booten und Fähren herüberzukommen. Von den vier angebundenen Männern war nur noch Wallau imstande, klar zu wissen, daß sie jetzt verloren waren. Von der Straße, vom Winter, vom nächtlichen Himmel, von seinen Sternen, vom Schnee vielleicht kamen Rat und Trost. Von dorther kannte der junge Mensch das Begeisterungsglück leichter Liebesberührungen mit Mächten, deren volle Umarmung vernichtend sein würde. Von einem Dorf konnte übrigens nicht gut die Rede sein; jedenfalls war nichts davon als der Name übrig. Von Ertzums und Kieselacks Arbeiten waren mühselige und ungelenke Satzgefüge, die nur zu sehr von gutem Willen zeugten. Von Fräulein Hirschwitz nahm er wohlgemut kurzen Abschied mit der unbestimmten und kühnen Hoffnung, sie nie mehr wiederzusehen. Von hier aus kann er es zu etwas bringen, sonst aber dürfte sich wohl wenig Gelegenheit dazu finden. Von hier aus wurde die Treppe schmal und stieg in kurzen, rechtwinklig aneinander stoßenden Absätzen zum Dachboden empor. Von Kieselacks Vernichtung erfuhr er erst jetzt; und er brannte von jäher Freude darüber, sie bewirkt zu haben. Von mittelgroßer Gestalt, bewegt er dieselbe mit einer sozusagen nachlässigen Geschmeidigkeit, hierdurch bereits die Zuchtlosigkeit seines Sinnes bekundend. Von Zeit zu Zeit fiel der harte Ruf des Kuckucks wie ein Hammer auf das Zirpen der Grillen. Vor acht Monaten, vor der Reichsgrenze, in seinem mit Devisen gefütterten Rock hatte er sich durch Zittern verraten. Vor allem entdeckte er, daß es schon Gelehrte gab, die wußten und verkündeten, daß dieses Weltbild nicht stimmte. Vor allen Dingen muß ich mich satt essen, sagte sich Georg, sonst mach ich's nicht hundert Schritte mehr. Vor allen Dingen platzt Ihnen der Bauch, versetzte der Hofrat, bei aufgelegten Ellbogen über seine gefalteten Hände gebeugt. Vor dem Fenster starrte immer noch die rechteckige Finsternis, und drüben blinzelte das gelbe, heimische Licht der Mannschaftsstuben. Vor dem Portal der Pestalozzischule nahm ich es ihr ab und machte aus einem Stundenplan eine sinnlose Papierkugel. Vor drei Stunden hatte man ihn in einer Wohnung verhaften wollen, die der Mutter eines früheren Freundes gehörte. Vor Tante Kauer, die die Zügel führte, trotteten wir klingelingeling machend, plappernd, ich zähflüssig trommelnd, durch herbstliche Vorortstraßen. Vor vierzehn Tagen noch um diese Zeit war er ein froher und freier junger Mann in Zivil gewesen. Vorne im Torgang sah Unrat ganz deutlich einen zweiten verschwinden; er hatte ihn grade noch erkannt: Graf Ertzum.

W

Während des Krieges arbeitete er in einem Feldlazarett, eignete sich dort einige Kenntnisse an: fort mit dem Schwindler. Während dieses Reisejahres lernte ich flüchtig, zwischen Tournee und Tournee, einige Bekannte und Verwandte des Herrn Matzerath kennen. Während man saß und beriet und die Köpfe schüttelte, geschah auf einmal ein schwerer Faustschlag gegen die Tür. Während seiner Bettlägrigkeit hatte er an dem mitgebrachten Vorrat von zweihundert Stück gespart; Restbestände davon waren noch vorhanden. Während sie gleichzeitig kratzte, schlug und biß, fand sie dennoch Zeit, immer lauter, teilweise sogar verständlich zu schreien. Während sie ihn über dem Loch auf Brettern und Seilen absetzten, wollte Oskar auf dem Holz Haltung bewahren. Während sie sprach, hatte er nur dieses eine Bedürfnis: ausnahmslos Ja zu sagen, jedenfalls zuzustimmen, nicht sich zurückzuziehen. Während sie weg war, fing es an, etwas besser zu gehen, sie kam mir allmählich aus dem Sinn. Während zwei weitere Scheiben das Mondlicht aufgaben, dachte ich: das ist eine sterbende Fliege, die brummt so laut. Wann der Impotente die Versuche wieder aufnehmen soll, kann nur individuell aus dem Verlauf des Falls bestimmt werden. Wann ich den Georg gekannt habe, wo, wie lang, warum, wer seine Freunde waren, wer meine Freunde waren. War die Flucht gelungen, erschien's als keine Flucht mehr, verklang das verfolgende und nun augenblicks vergessene Bäh, Bäh. War er nicht wie entwischt aus einem Zauberwalde, aus einem der Grimmschen Märchen, die Ida zu Hause vorlas. War es ein so weiter Weg vom deutschen Wehrmachtsbüro, Sekretärin des Platzkommandanten, zu den schwarzen Soldaten der US-Transporttruppe. War es so weit gekommen, daß man im Hause seiner Väter in den wichtigsten Angelegenheiten über ihn hinwegging… War gar keiner da, der dablieb, hast es ja gesehn, vielleicht ne Hand voll, tausend, schenk sie dir. Wäre für möglich zu halten, will sagen, es ist immer anzunehmen, daß die größtmögliche Viecherei auch wirklich geschieht. Warte, mein Junge, warte, balde gehst du denselben Gang hier zurück an die Tür, wo dransteht: Für Herren. Warten Sie hier, bis ich in meinem Zimmer angezündet habe, und drehen Sie dann hier das Licht ab. Warum drehst du am Radio, hörst nur noch aufs Radio, als besäße dich ein wildes Verlangen nach Sondermeldungen. Warum nahm ich seine Hand an, da ich als Freundin ihn und eine andre Gattin glücklich gemacht hätte. Was den Mann so erbittert, ist eigentlich nicht meine Denkweise, sondern der Erfolg; meistens ist es ein Landsmann. Was die Knöpfe betrifft, so habe ich ja, wenn mich nicht alles täuscht, noch kein Wort darüber verloren. Was ein ordentlicher Kalbsrücken ist, das ahnt man hier gar nicht, denn die Schlachter zerschneiden alles aufs jämmerlichste. Was ein richtiges Bein ist, das bricht nicht so leicht, meines gewiß nicht und deines auch nicht, Hertha. Was geht unser Bündnis die traurigen Priester an, die in düstern Hallen ihr Leben in hoffnungsloser Klage verjammern. Was gingen den alten Herrn von Trotta die hunderttausend neuen Toten an, die seinem Sohn inzwischen gefolgt waren. Was Hanno betraf, so erhob er nur einen Augenblick den Kopf, verzog den Mund und blieb einfach sitzen. Was heißt hier reinschliddern, was heißt Schwindel, Franz, man muß Geschäftsmann sein, muß sich auf den Einkauf verstehen. Was ich ihr von der französischen Sprache, die zwar mein Fach nicht ist, schrittweise mitteilte, begriff sie leicht. Was ich in New York zu tun habe, wäre in Zürich oder in Berlin auch noch zu tun. Was ist zu mir gesprochen worden, zu mir, Thomas Buddenbrook, Ratsherr dieser Stadt, Chef der Getreidefirma Johann Buddenbrook… Was kann es für einen Toten für Folgen geben, den man aus einem Grab in das andere wirft. Was meinen Sie, wenn ich die Ziegenhals, in Anbetracht dieser Kraczinskischen Bekanntschaft, unsern Zwecken dienstbar zu machen suchte. Was mich stutzig macht, ist eben nur die Tatsache, daß Ihr Experiment sich gerade in dieser Richtung bewegt. Was mir zunächst obliegt, ist die Vergütung, die ich Ihnen für diesen Schmuck meines Büchersaales zu leisten habe. Was mischte dir da auch rein, ärgerte sich Mutter Truczinski und zog sich eine Stricknadel aus dem Dutt. Was muß das für ein Mensch sein, dem Lotte gefällt, dem sie nicht alle Sinne, alle Empfindungen ausfüllt. Was Reiting von sich und Basini erzählte, schien ihm, wenn er sich darüber befragte, ohne Belang zu sein. Was sah sie nicht alles für Prüfungen vor sich schweben, wenn sie nur aufs Nächste, aufs Nächstkünftige hinblickte. Was sein eigenes Geschäftspersonal betrifft, so glaube ich nicht, daß es ihm besonders liebevoll zur Seite stehen wird. Was sie auch zu singen, zu blasen, zu beten und zu verkünden hatten: meine Trommel wußte es besser. Was soll das heißen, ich sei nicht müde geworden, dem armen Jungen, dem Leopold, den Kopf zu verdrehen. Was soll ich eigentlich da, geh ich da wirklich hin, ob das ein Geschäft mit sonen Zeitschriften ist. Wasser rauschten in der Tiefe zur Rechten; links strebten dunkle Fichten zwischen Felsblöcken gegen einen steingrauen Himmel empor. Wat er sagt: der lacht und grient, der is eben kreuz-dämlich, der muß een Klapps von damals haben. Weder kam es zu politischen Händeln, deutschpolnischen Messerstechereien, noch zur Milieuattraktion einer handfesten, aus sozialen Mißständen geborenen Meuterei. Wegen jedes fehlenden Heftes oder Bleistifts rief Unrat die Künstlerin Fröhlich herein und verwickelte sie in eine Unterhaltung. Weggegangen ist das Mädel, was geht in einer weiblichen Seele vor, der Vogel sitzt ihr fest im Kopf. Wehsal fuhr allein in der zweiten Kutsche die Wegschleife hinan und vor das Berghofportal, wo man sich trennte. Weil der Mensch nur leben kann, wenn er in irgend einer Weise sich mit dem Leben fusioniert, amalgamiert. Weil die Selbstironie, in der wir, glaube ich, groß sind, immer wieder ein Fragezeichen hinter der Vollendung macht. Weil sie nun dennoch einen gewissen vornehmen Tick besaßen, so statteten sie mich dafür mit fünf Namen aus. Weiß, Braun, Grün, Silber, Mattgold, Blau und andere Farben glänzten bei jeder Bewegung an den Schuppen und Flossen. Weit mehr noch, als die Besuche, die Frau Chauchat empfing, schmerzten und beunruhigten ihn diejenigen, die sie machte. Welch eine Menge von Papiermachern, Druckersleuten, Verkäufern, Angestellten, Laufburschen, Lederhändlern, Buchbindern verdienten und werden ihr Brot noch verdienen. Welche Heiligkeit, welche Würde, welche überirdische Größe strahlte aus jedem Blick der herrlichen Frau, leitete jede ihrer Bewegungen. Welche Spinne mochte hier Gold ausgeschieden haben, damit ihr sechs kleine und ein größerer Rubin ins Netz gingen. Wen werden sie wohl da treffen, wie sie grade Mittag gegessen haben neben dem Kurgarten auf der Terrasse. Wenn auch dafür noch fremde Hilfe nötig wäre, müßte man bei jedem Schritt immer gleichzeitig betteln und danken. Wenn darauf Herr Settembrini eine Pause eintreten ließ, so war klar, daß es einzig aus pädagogischer Besonnenheit geschah. Wenn das

Feuer ein Haus aus der Häuserzeile der Straße hinweggerafft hatte, blieb die Brandstätte noch lange leer. Wenn der seine Stimme erhebt, sind sie immer still, sogar die, die die Ungestümsten auf der Erde sind. Wenn die Soldaten durch die Stadt marschieren, ei warum, ei darum, ei bloß wegen dem Tschingderada bumderada bum. Wenn du aber noch kleine Wünsche hegst, so mußt du sie jetzt aussprechen, womöglich in dieser Stunde noch. Wenn er einmal alt wird, dachte der Leutnant, ist er ein weißbärtiger Jude wie der Großvater Max Demants. Wenn es wahr ist, daß Sie aus Leichen Aussagen erpressen können, ich bin toter als alle Ihre Toten. Wenn es wie aus Kannen goß, so durfte man nicht glauben, daß deshalb die Luft weniger trocken sei. Wenn es zum Beispiel vorhin den trunkenen Burschen in der Schankstube eingefallen wäre, auf ihn Jagd zu machen. Wenn ich aber meines belasteten Bewußtseins gedachte, so schwieg ich, anstatt bei guter Gelegenheit meine Meinung offen herauszusagen. Wenn ich auch nicht die Sohlen der Schuhe einsehen konnte, erkannte ich sie dennoch sofort als Greffs Wanderschuhe. Wenn ich einige Frauen, die ich kenne, dazu bewegen könnte, gemeinschaftlich für mich zu arbeiten, müßte ich durchdringen. ‚Wenn ich jetzt nicht zu Emilia gehe, kann ich heute überhaupt nicht mehr nach Hause gehen‘ dachte Philipp. Wenn ich nicht ganz den Anschluß verpassen will, so kann ich meine richtige Genesung hier oben nicht abwarten. Wenn ich nicht irre, dachte der Kaiser weiter, war ich achtzehn Jahre alt, als ich den Thron bestieg. Wenn ich wieder hier bin, bitt ich mir andere Bilder aus; ich kann so was Kriegerisches nicht leiden. Wenn ick zu euch komme und sage: ick mach mit, dann müßt ihr wissen, wer Franz Biberkopf ist. Wenn ihn aber Gott zu Himmelshöhen rufe, sang er, dann wolle er schützend von dort auf dich herniedersehen. Wenn man bedenkt, daß Kessin ein Nest ist, ist es erstaunlich, ein so gutes Hotel hier zu finden. Wenn man nach ihm rief, wollte man etwas von ihm; man wollte dann immer etwas Unangenehmes von ihm. Wenn meine Frau und ich nach Nußdorf fahren, gehen wir in der Porzellangasse stadtwärts bis zur nächsten Haltestelle. Wenn mir jemand ins Buch sieht, so ist mir immer, als wenn ich in zwei Stücke gerissen würde. Wenn niemand dafür aufkommt, sagte der Lebensgefährte der Joana, wird die Leiche ganz einfach in einen Plastiksack gesteckt. Wenn Röder heut nacht nichts gesagt hatte, so war es möglich, daß er morgen, ja jetzt beginnen würde. Wenn Röder nun morgen in den Betrieb käme, gefolgt von zwei Schatten, und er bezeichnete ihnen den Fiedler. Wenn Schnee fiel, schippte ich Schnee, und wenn kein Schnee fiel, taute ich die Wasserleitung zur Schleifmaschine auf. Wenn sich das die Kinder recht in den Sinn schreiben, so haben sie den ganzen Tag daran auszuüben. Wenn sie früher ihre

Vergilverse nie gekonnt hatten, mußten sie nun wenigstens über die Künstlerin Fröhlich Bescheid wissen. Wenn sie noch lange so schreit, holen die die Schupo und denken, ich dreh ihr das Gas ab. Wenn sie sich schminkte, löste sich ihm das rosablaßgelbe Spiel ihrer eiligen Arme allmählich in sinnreiche Griffe auf. Wenn von so vielen jeder nur ein wenig beisteuert, so genügt es, um ihn in Stücke zu zerreißen. Wenn wir dieses sichere, gewisse Gefühl nicht hätten, würden wir uns aus Verzweiflung über unseren armen Verstand töten. Wer eben noch Schadenfreude in seinem Gesicht gehabt hatte, zog sie in sich hinein wie eine verbotene Flagge. Wer ist es, der hier auf der Alexanderstraße steht und ganz langsam ein Bein nach dem andern bewegt. Wer schweigt, stimmt zu, pflegten die Römer zu sagen (und sicher wußte der Rittmeister dieses Sprüchel auch lateinisch). Wer uns aus dem Paradies vertreibt mit Flammenschwert, ist der Erzengel, und daraufhin kehren wir dahin nicht zurück. Wichtiger als die Szene, die er jetzt mit Kapturak erlebt hatte, war ihm seltsamerweise die Affäre des Hauptmanns. Wie ein Feld voll seltsamer, schwarzer Ähren im Wind neigte sich die Gemeinde der Juden vor dem Kaiser. Wie ein heller Weg lagen sie vor ihm, in den sich die Spuren seiner tastenden Schritte geprägt hatten. Wie ein ohnmächtig Gefesselter sah er zwischen halb geschlossenen Lidern, daß sie ihn entkleidete, langsam, gründlich und mütterlich. Wie ein Vulkan brach das Glück aus und lagerte sich staubig ab und knirschte mir zwischen den Zähnen. Wie eine himmlische Eingebung kam ihr nach langer Qual der Gedanke, daß sie alles ihrem Gemahl entdecken müsse. Wie er der Jeannie entgegengetreten ist, das war alles andere, als alt, alles andere als Alters-opportunismus, denke ich. Wie er die Häuser der El-sasserstraße wiedersieht, bewegt sich etwas in ihm, aber es kommt nicht zum Schluchzen. Wie er die Weste von seiner Brust wegschiebt und der Amboß durch-scheint, zieht sie den Kopf nicht weg. Wie er durchs Fenster hinaussah, erblickte er wieder Georg an die Lit-faßsäule gelehnt mit seiner frisch verbundenen Hand. Wie erwähnt, wurde ich in der Bank nicht zu ihm vor-gelassen, weil er gerade mit einem Herrn verhandelte. Wie gesagt, war da Sympathie im Spiele, jene ein Glied überspringende Nächstverbundenheit und Wesensver-wandtschaft, die nichts Seltenes ist. Wie heißt doch der Fluß, der jedes Jahr über die Ufer tritt, und die Regie-rung tut nichts dagegen. Wie ich auch schlug und die Stöcke mischte, immer gab es nur eine Antwort: Kleine Spende fürs WHW. Wie ich kam, war die Frau mit den Kindern allein, sagte Franz, ich hab vorher und nach-her gehorcht. Wie komm ich hier los, und dann haben die die Türen aufgelassen, können noch andere rein-kommen und klauen. Wie lange noch werden diese ka-tilinarischen Existenzen durch die Last ihrer Schändlichkeit den Erdboden, den sie drücken, beleidigen. Wie oft muß sie Ihnen huldigen, muß nicht, tut es freiwillig, hört so gern von Ihnen, liebt Sie. Wie schlaftrunken ließ ich dich auf einem Rasenplatze zurück und ging hinein, um Speise und Trank zu holen. Wie sehr danke ich dir, daß du keinen entscheidenden Schritt zu tun vorhast; aber bedeutend genug ist er. Wie sie durch die Stadt geritten sind auf ihren Schimmelchen, die Marokkaner, mit ihren roten Mänteln, die Bettkultindianer. Wie sollte man sonst auch den Schleim ohne Salz von den Aalen herunter und von innen heraus bekommen. Wie Urlaubsscheine und Dienstzettel glichen die Briefe einander, geschrieben auf gelblichen und holzfaserigen Oktavbogen, die Anrede Lieber Vater. Wie wenig man als junger Reporter und Rezensent verdient, ahnte er, ohne daß ich je davon reden mußte. Wie, das Geistige, weil es streng war, sollte unerbittlich zum Tierischen, zum Austrag durch den körperlichen Kampf führen. Wieder regte sich etwas wie Übelkeit in ihm; aber er war zu ermattet, um über die Vorgänge nachzudenken. Wieder saß die Hellblonde, Magere an ihrem Platze und löffelte Yoghurt, als ob dies ihre einzige Speise wäre. Wieviel Vergnügen vermöchten Sie zu verbreiten, wenn Sie all dies Können einem ernsten Zwecke zu gut kommen ließen. Wieviel wird ihm dadurch geleistet, und wie manches Angenehme wird uns durch seinen Umgang, ja wie mancher Vorteil. Will ick nich, will ick nich, will von keen Doktor wat wissen, ick hab noch genug von Magdeburg. Wir bekommen Besuch; geh, zieh dich an, mache dein Haar auf, du siehst ja aus wie eine Hexe. Wir honorieren vier Leute im Hause, und du vergissest die vielen Männer, die im Dienste der Firma stehen. Wir knickten, falteten, zerschnitten mit Scheren, die wir eigens zu diesem Zweck immer bei uns trugen, die Bildchen. Wir kommen an so viele Regisseure, sagte er, und bekommen nie die Rollen, die wir tatsächlich spielen wollen. Wir kommen von Rom, VIA MARGUTTA, aus einer Untermiete; mein Leben lang bin ich Mieter oder Untermieter gewesen. Wir konnten mit uns beliebig umgehen, Bier dabei trinken, mit Blutwürsten grausam sein, Stimmung aufkommen lassen und spielen. Wir müssen dieses Vorfalls gedenken, weil er verschiedenen Dingen einen Anstoß gab, die sonst vielleicht lange geruht hätten. Wir sagten Amen und Markus bestätigte Leo den schönen Tag, gab auch vor, den Herrn gesehen zu haben. Wir sind ja genesene Leute, hatte er gesagt, abgefiebert und entgiftet, so gut wie reif für das Flachland. Wir trugen den Bruder Medardus auf einer Bahre nach der Klosterkirche und setzten ihn vor dem Hochaltar nieder. Wir vernagelten Nägel mit breiten flachen Köpfen, da schmalköpfige Nägel dem locker geflochtenen Kokosläufer keinen Halt gegeben hätten. Wir wissen aber doch nicht, ob es nicht vielleicht an ihr liegt, wenn sie nicht gut miteinander leben. Wir wissen erst seit neulich, daß einer Streptokokken im Blut haben kann, ohne irgendwie ansehnliche Infektionserscheinungen zu produzieren. Wir wollen etwas Zureichendes sagen, dachte ich augenblicklich, und sagen etwas vollkommen Unzureichendes, ja etwas Peinliches, Widerwärtiges, Dummes. Wir wollten wissen, warum der Mann unter der Stauermütze mit einer ordinären Wäscheleine und offensichtlich ohne Schwimmer angelte. Wird dieser habituell überschritten, dann nähern wir uns den Grenzen der Normal-Psychologie und somit dem Kompetenzbereiche der Psychopathologie. Wird es nötig sein, jene verschwiegenen Erlebnisse, die Hans Castorps Tage zugleich beschwerten und beschwingten, näher zu kennzeichnen. Wirklich, du bist so weich in der Ehe geworden, Auguste, sagte Ernst, du warst mir früher zu kratzbürstig. Wissen Sie denn gar nicht, fiel ich dem Förster ins Wort, aus welchem Kapuzinerkloster der Unglückliche entsprungen ist. Wissen Sie, daß von dem großen Plotinus die Äußerung überliefert ist, er schäme sich, einen Körper zu haben. Wohl bekomm dir's, rief der Jüngling, der nun wieder sein jugendliches Gesicht und seinen kräftigen Gang angenommen hatte. Wohligkeit erfüllte ihn bei dem Gedanken, daß mehrere Stunden zum Schweifen im Freien und Großartigen vor ihm lagen. Wollen Sie mit einem roten Fes einem Palaver präsidieren oder mit einem Schwiegersohn von König Mtesa Blutfreundschaft schließen. Wollte etwa sein Körper revolutionieren und ihm einen neuen Prozeß bereiten, da er den alten so mühelos ertrug. Wollte mächtige Töne riskieren und nen ruhigen Schotten, dem sein Kahn im Trockendock lag, auf de Schippe nehmen. Wollten Sie übrigens die Stunden der Erniedrigung zählen, die überhaupt von jeder großen Leidenschaft der Seele eingebrannt werden. Worauf Joachim: der Erleichterung bedürfe er nicht, und das sei vorzügliches Ausbildungswetter, er könne es drunten wohl brauchen. Wunderbar geht die Gnade des Herrn auf dem Kinde, das geboren wird in dem segensreichen Heiligtum der Gebenedeiten.

Z

Ziehen Sie die Haut über der Nasenwurzel straff an, und Sie haben ein Auge ganz wie von unsereinem. Zitternd vor Furcht, schrieb er auf den Zettel: Laß mich in Ruhe und wandte dem Frager den Rücken. Zog er den Mut zu dieser Frechheit aus Vergangenheiten, die gewisse gegenwärtige Besitzrechte in ein schiefes Licht setzten. Zorn und Kränkung darüber waren in mir ungeheuer, ich hätt' ihm den Säbel über den Kopf geben können. Zu dem Déjeuner war das Brautpaar übrigens um etwas verspätet erschienen, man hatte, schon versammelt, des längeren gewartet. Zu denen gehst du, die kennstu, den Schubjack den alten, und bei uns läßt du dir nicht sehen. Zu denken, daß Sie, der so große Worte für so frivole Bedürfnisse setzt, mich manchmal einen Redner nennen. Zu derselben Zeit trieb der so bedrohte Hans schon kühl und still und langsam im dunklen Flusse talabwärts. Zu dieser Konversation war er gewissermaßen durch die äußere Lage, in welcher er sich befunden hatte, gezwungen worden. Zu Frau Mary K. ist E. P. nach dem Bruch mit Grete nie mehr gekommen, was verständlich erscheint. Zu Ohren würde es ihm ja auch ohnedies kommen, nur daß man dich vorher noch halbtot prügeln würde. Zuerst finde ich es grotesk, ihr Fazit: daß ich in zehn Jahren nichts zu ihrer Selbstverwirklichung beigetragen habe. Zuerst machte Nuchi Eyke seine Hose auf und pinkelte, ohne auf Susi Rücksicht zu nehmen, in das Eintopfgericht. Zuerst mußte sie dem Schüler Lorenzen ihre Kenntnisse im Griechischen vorführen, dann glitt das Gespräch zu modernen Dingen. Zuletzt hörte er drin noch den Referenten sprechen von Chemnitz, wo es eine Polizeiverordnung gäbe vom November 27. Zum erstenmal seit seiner Jugend entsprang seinem alten schweren Kopf so ein tollkühner, auf der Erde undurchführbarer Ablauf. Zum Glück wußte die Hausbesorgerstochter, daß sie die Verkleideten gleich erkennen würde; so konnte es keinen Irrtum geben. Zunächst, daß ich Etelka nicht mehr bei Bewußtsein würde finden und daß sie es kaum mehr erlangen werde. Zusammen mit einer zweifelhaften Rotte von strohblonden, abgerissenen Buben hatte er die Mordgeschichten der berüchtigten Lotte Frohmüller angehört. Zuweilen hob sich seine Brust mit einem beklommenen Beben, und dann mußte er husten aus seiner katarrhalischen Brust. Zuweilen zeigte das Schild an einem Eingang den Oberlehrer Soundso an; dann lenkte Unrat gereizt die Augen weg. Zwanzig Jahre vielleicht wird er brauchen, bis Johanna ihm wieder etwas anderes sein kann als eine staubige Pedantin. Zwar hatte sich Elli unterwegs umgesehen, ob sie wirklich bewacht sei, wie ihr Vater, wie Franz das annahmen. Zwar kommt er früher von seiner Reise zurück, aber nicht ohne sich anzumelden, und er wird herzlich empfangen. Zwar konnte man die Stelle nicht unterscheiden, die er getroffen hatte, aber man hörte das Splittern gefällter Bäume. Zweck des Selbstbetrugs war, daß um so weniger Unrat aus seinem Pfuhl heraus nach ihr gelangt haben könne. Zwei bärtige Männer kamen ihm entgegen, mit Äxten auf den Schultern, und trennten sich, als sie nahe herangekommen. Zwei Zwischenfälle ereigneten sich während der großen Mahlzeit und erregten Hans Castorps Aufmerksamkeit, soweit sein Befinden dies zuließ. Zweimal passierte er die Bahnstrecke, zwei schwarz-gelbe, verwaschene Bahnschranken und die gläsernen, unaufhörlich klingenden Signale in den Wächterhäuschen.

PROZESS

Alle Bücher aus *Der Kanon. Die deutsche Literatur: Romane*, herausgegeben von Marcel Reich-Ranicki, 20 Bände, Frankfurt am Main: Insel, 2002 als Textkorpus verwendet, dessen durchschnittliche Satzlänge bestimmt (arithmetisches Mittel: 18 Wörter) und alle Sätze anderer Länge aussortiert; alphabetisch geordnet.

Die enthaltenen Romane sind:

Johann Wolfgang von Goethe, *Die Leiden des jungen Werthers* und *Die Wahlverwandtschaften*; E.T.A. Hoffmann, *Die Elixiere des Teufels*; Gottfried Keller, *Der grüne Heinrich*; Theodor Fontane, *Frau Jenny Treibel* und *Effi Briest*; Thomas Mann, *Buddenbrooks* und *Der Zauberberg*; Heinrich Mann, *Professor Unrat*; Hermann Hesse, *Unterm Rad*; Robert Musil, *Die Verwirrungen des Zöglings Törleß*; Franz Kafka, *Der Prozeß*; Alfred Döblin, *Berlin Alexanderplatz*; Joseph Roth, *Radetzkymarsch*; Anna Seghers, *Das siebte Kreuz*; Heimito von Doderer, *Die Strudlhofstiege*; Wolfgang Koeppen, *Tauben im Gras*; Günter Grass, *Die Blechtrommel*; Max Frisch, *Montauk*; Thomas Bernhard, *Holzfällen*.

IMPRESSUM

Hannes Bajohr ist Teil des Textkollektivs 0x0a.
www.0x0a.li | www.hannesbajohr.de

Dies ist ein Titel der Reihe Frohmann/0x0a.

© 2016 by Hannes Bajohr und Frohmann Verlag,
Christiane Frohmann, Berlin.
frohmann.orbanism.com

ISBN Paperback: 978-3944195506

Die Deutsche Nationalbibliothek verzeichnet diese Pu-
blikation in der Deutschen Nationalbibliografie;
detaillierte bibliografische Daten sind im Internet über
http://dnb.d-nb.de abrufbar.